KB142367

소년 프로파일러와
죽음의 교실

소년 프로파일러와 죽음의 교실

(청소년 추리소설 십대들의 힐링캠프, 진실)

[십대들의 힐링캠프®] 시리즈 NO.05

지은이 | 박기복
발행인 | 김경아

2016년 7월 17일 1판 1쇄 발행
2016년 10월 31일 1판 2쇄 발행
2017년 12월 24일 1판 3쇄 발행
2022년 5월 18일 1판 4쇄 발행 (총 7,000부 발행)

이 책을 만든 사람들
책임 기획 | 김경아
북 디자인 | 김효정
교정 교열 | 좋은글
경영 지원 | 홍종남
표지 일러스트 | 발라

이 책을 함께 만든 사람들
종이 | 제이피씨 정동수 · 정충엽
제작 및 인쇄 | 천일문화사 유재상

특별히 고마운 사람들
출간 후 베타테스터 | 박신영(고1)

펴낸곳 | 행복한나무
출판등록 | 2007년 3월 7일. 제 2007-5호
주소 | 경기도 남양주시 도농로 34, 301동 301호(다산동, 플루리움)
전화 | 02) 322-3856 팩스 | 02) 322-3857
홈페이지 | www.ihappytree.com
도서 문의(출판사 e-mail) | e21chope@daum.net
내용 문의(지은이 e-mail) | yesreading@gmail.com
※ 이 책을 읽다가 궁금한 점이 있을 때는 지은이 e-mail을 이용해 주세요.

ⓒ 박기복, 2016
ISBN 978-89-93460-77-3
"행복한나무" 도서번호 : 088

소년 프로파일러와 죽음의 교실

청소년 추리소설 십대들의 힐링캠프, 진실

| 박기복 지음 |

차 례

1부. 데페이즈망, 3학년 9반 아이들

2부. 프로파일링, 가면 속 진실 찾기

내 꿈은 프로파일러

초등학교 6학년 때, 나는 프로파일러가 되겠다고 마음먹었다. 프로파일러가 되고 싶다고 말했더니 엄마는 고개를 갸우뚱하며 이렇게 말했다.

"비행기 조종사면 조종사지 '프로' 비행기 조종사는 뭐냐?"

엄마 말이 무슨 뜻인지 제대로 알아듣지 못했던 나는 잠깐 어리둥절했지만, 엄마가 프로파일러(profiler)를 프로 파일럿(pro pilot)으로 잘못 알아들었음을 알아차렸다. 나는 엄마에게 프로파일러가 무슨 일을 하는지 풀어드렸다.

"그러니까 만화에 나오는 꼬맹이 코난이나 명탐정 셜록 같은 사람이니?"

"코난이나 셜록은 탐정이고, 나는 프로파일러라니까. 범죄자들 마음을 읽어내는 사람."

탐정과 프로파일러가 어떻게 다른지 아무리 말해줘도 엄마는 잘 알아듣지 못했다.

"너! 엄마가 못 알아듣는다고 속으로 놀리지?"

"에이, 엄마는, 내가 왜 엄마를 놀려?"

"요녀석이, 너 속을 내가 모를까 봐."

엄마는 내 머리에 꿀밤을 먹이고는 이모에게 전화를 걸었다. 엄마는 내가 뭘 잘못하면 곧장 이모한테 전화를 건다. 엄마가 한참 하소연을 늘어놓으면 이모는 나를 바꿔달라고 하고서는 나무란다. 이모가 꾸짖을 때는 그냥 빌어야 한다. 조금이라도 핑계를 대거나 아니라고 대들다간 호되게 당한다. 경찰관인 이모는 아빠 없이 나를 키우는 엄마를 지켜주는 든든한 울타리다. 또 꾸중을 듣겠구나 싶어 눈치를 보는데 엄마는 이모에게 프로파일러가 뭐하는 사람인지 물었다. 전화기 너머로 이모 목소리가 들렸다.

"경찰관인데, 조금 남다른 일을 하는 경찰관이야."

전화를 끊고 엄마는 또다시 꿀밤을 때렸다.

"요녀석, 쉽게 말해주면 어디 덧나니?"

나를 나무라면서도 엄마는 흐뭇하게 웃었다.

엄마는 이모를 참 좋아한다. 이모가 꾸짖을 때는 무섭지만 나도 이모를 참 좋아한다. 엄마에겐 이모밖에 없다. 내가 아는 친척도 이모밖에 없다. 이모와 엄마는 아주 어릴 때 부모님을 잃고 힘들게 자랐다. 엄마는 음식점을 하는데 음식점 한쪽 벽엔 이모 사진이 가득하다. 엄마는 손님들에게 경찰 여동생을 늘 자랑한다. 엄마는 어린 나이에 나를 낳아 키우면서 젊음을 바쳤지만 구김이 없으시다. 가끔은 엉뚱한 일을 벌여서 엄마라기보다는 철없는 누나처럼 여겨질 때도 있다. 내가 프로파일러가 되겠다고 말한 뒤부터 엄마는 내가 이미 경찰관이 되기라도 한 듯이 기뻐했고, 손님들에게 틈만 나면 자랑했다.

그러던 중학교 3학년 5월, 엄마는 가게를 더 좋은 곳으로 옮겼고 집도 옮겼다. 엄마는 무척 기뻐했는데 가게와 집을 옮겼을 뿐만 아니라, 경찰이 되면서 따로 살게 된 이모와 다시 한 집에서 살게 되었기 때문이다. 엄마가 얻은 가게와 집이 이모가 일하는 경찰서 가까운 곳이었기에 엄마는 이모에게 다시 함께 살자고 했고, 이모는 기꺼이 받아들였다. 엄마가 집을 옮겼기에 정든 친구들을 뒤로 하고 나도 어쩔 수 없이 학교를 옮겼다.

학교를 옮긴 첫날은 금요일이었는데, 바로 그날 아주 끔찍한 일이 일어났다.

✬ 3-9반 교실 배치도

| TV | | 담임 : 김경아 선생님 | | | 앞문 |

원창명	강해성	배영훈	**채예림**	**나일현**	강혜정	현주완	전다겸
윤병인	**임세연**	조현승	**주현회**	**곽민기**	**황지영**	권태형	변유진
민시훈	한수연	**홍구산**	문가영	이진욱	정주원	**백승우**	남은영
류혁재	조유진	진상현	**허수민**	주영민	성진희	**신경수**	송은교
진태욱	심다은	**박현규**	연지아				

뒷문

사 물 함 | 거울 | 재활용

✬ 3-9반 금요일 시간표

시간	내용	시간	내용
~08:45	등교	11:45~12:30	4교시 : 과학
08:45~09:00	조회	12:30~13:30	점심시간
09:00~09:45	1교시 : 사회	13:30~14:15	5교시 : 체육
09:45~09:55	쉬는 시간	14:15~14:25	쉬는 시간
09:55~10:40	2교시 : 수학	14:25~15:10	6교시 : 국어
10:40~10:50	쉬는 시간	15:10~15:20	쉬는 시간
10:50~11:35	3교시 : 미술	15:20~16:05	7교시 : 동아리활동
11:35~11:45	쉬는 시간	16:05~	청소 / 종례

강서고등학교 배치도 ☆(N)

층	실 배치 (여자화장실 쪽 → 남자화장실 쪽)
6층	여학장실, 화학생물실험실, 물리지구과학실험실, 로봇전자공학실습실, 과학기자재실, 기술실습실, 미술실, 음악실, 남화장실
5층	여화장실, 3-10, 3-9, 3-8, 3-7, 3-6, 여탈의실, 3학년교무실, 남탈의실, 3-5, 3-4, 3-3, 3-2, 3-1, 남화장실
4층	여화장실, 2-10, 2-9, 2-8, 2-7, 2-6, 여탈의실, 2학년교무실, 남탈의실, 2-5, 2-4, 2-3, 2-2, 2-1, 남화장실
3층	여화장실, 1-10, 1-9, 1-8, 1-7, 1-6, 여탈의실, 1학년교무실, 남탈의실, 1-5, 1-4, 1-3, 1-2, 1-1, 남화장실
2층	여화장실, 방송실/방송부, 컴퓨터실, 여교사휴게실, 행정실, CCTV실, 교장실, 본 교무실, 남교사휴게실, 진학지도실, 보건실, 남화장실
1층	여화장실, 학생활동실4, 학생활동실3, 학생활동실2, 학생활동실1, 학습기기자재창고, 중앙현관, 영어기자재실, 영어시청각실4, 영어전용교실3, 영어전용교실2, 영어전용교실1, 남화장실
지하	도서관, 가정실습실, 매점, 영상실습실, 식당

중앙(교무실 열) 상단 돌출부 표기: 남교사 화장실 / 여교사 화장실·화장실 / 계단·엘리베이터

상·하단: 계단

✬ 주요 인물

◇ **홍구산**   주인공. 소년 프로파일러
◇ **채예림**   전교 1등. 차갑고 남을 꼭 이기려 듦. 스타사이언스.
                국어 수행평가 2조.
◇ **허수민**   전교 2등, 채예림과 맞수. 스타사이언스. 국어 수행평가 1조.
◇ **이진욱**   전교 3등, 반장. 남자애들은 잘 이끌지만 여자애들은 어쩌지 못함.
                스타사이언스.
◇ **문가영**   홍구산 짝꿍. 늘 고개를 숙이고 글을 씀. 스타사이언스.
                국어 수행평가 1조.
◇ **주현희**   주번, 황지영과 크게 다툼. 스타사이언스
◇ **나일현**   주번, 채예림과 크게 다툼. 스타사이언스. 국어 수행평가 2조
◇ **연지아**   주현희 친구. 국어 수행평가 2조
◇ **황지영**   학교에서 가장 말발이 센 여학생. 스타사이언스. 국어 수행평가 1조.
◇ **곽민기**   과학에 뛰어난 재능을 지닌 학생. 다른 과목은 잘 못함.
◇ **주영민**   여자들과 잘 어울리는 남학생. 스타사이언스. 국어 수행평가 1조.
◇ **신경수**   뚱보. 말썽꾸러기.
◇ **백승우**   홀쭉이. 말썽꾸러기.

◇ **스타사이언스** 채예림, 허수민, 주현희, 황지영, 문가영,
    (과학특별반)   이진욱, 나일현, 주영민, 권태형, 현주완 + 다른 반 3명

◇ **국어 수업**   1조 : 허수민, 문가영, 황지영, 주영민, 류혁재, 윤병인
  수행 모둠   2조 : 채예림, 연지아, 곽민기, 나일현, 권태형, 한수연

◇ **홍효정 경장**   홍구산 이모. 경찰.
◇ **김경아**   국어 선생님. 3학년 9반 담임.
◇ **안대수**   과학 선생님. 스타사이언스 담당 선생님.
◇ **서빛나**   미술 선생님.
◇ **이슬비**   홍구산 여자친구. 재벌 회장 손녀딸.

1부

데페이즈망,
3학년 9반 아이들

08시 29분_교문

　오월 마지막 금요일 아침, 낯선 교문 앞에 섰다. 새로 맞춰 입은 교복
도 낯설다. 교문을 지나가는 학생 가운데 낯익은 얼굴이 아무도 없다.
낯선 애들과 어떻게 어울릴까 걱정하지는 않는다. 나는 새로움을 두려
워하지 않는다. 새로운 사람을 만나는 일은 늘 신난다. 낯선 사람을 가
만히 살피며 숨겨진 모습을 파헤치는 재미가 쏠쏠하기 때문이다. 모르
는 사람 속에 숨겨진 이야기와 마음을 알아내고 싶어서 내가 프로파일
러를 꿈꾸는지도 모르겠다.

　교문에 서서 지나가는 학생들을 가만히 살폈다. 걸어서 지나가는 어
른들은 없었다. 선생님과 직원들은 모두 차를 몰고 교문을 지나갔기에
꼼꼼히 살필 겨를이 없었다. 학생들을 살피는데 저절로 눈길이 쏠리는
두 사람이 나타났다. 둘은 바짝 붙어서 걸었기에 누가 봐도 단짝으로 보
였다. 한 애는 엄청 뚱뚱하고 키가 컸으며, 다른 한 애는 엄청 마르고 키
가 컸다. 뚱뚱이는 얼굴 살이 미어터질 만큼 부풀었다. 머리는 헝클어졌

고 교복은 튀어나오는 뱃살을 견디기에 버거워보였다. 앞쪽 단추는 힘 겹게 옷을 붙잡았고, 바지는 찢어지지 않으려고 안간힘을 썼다. 허벅지가 굵은 탓에 반듯하게 걷지 못하고 팔자걸음을 걸었다. 가방은 몸과 달리 홀쭉했는데 필통 하나 들어 있지 않은 듯했다. 홀쭉이는 다리도 길고 팔도 길었다. 옷차림은 깔끔했지만 가늘고 긴 몸매 때문인지 저절로 안쓰러움을 자아냈다. 가방은 뚱뚱이와 달리 두툼해서 아래로 축 처졌는데, 홀쭉한 몸으로 메고 다니기에는 버거워보였다. 가방이 무거워서인지 홀쭉이는 몸을 앞으로 약간 수그린 채 걸었다.

처음에는 워낙 야릇하게 뒤엉킨 모습 때문에 쳐다보았지만, 차츰 그들 사이에 흐르는 찜찜한 기운이 내 눈길을 끌어당겼다. 뚱뚱이와 홀쭉이는 남들 눈치를 살피며 귀엣말을 주고받았다. 나는 모른 척하며 바짝 붙어서 뒤를 따라갔다. 둘이 나누는 말이 제대로 들리지는 않았지만, 홀쭉이는 투덜거리거나 다그치고 뚱뚱이는 둘러대는 말투임은 뚜렷하게 알아차릴 수 있었다.

걸어가면서 이야기를 나누던 홀쭉이와 뚱뚱이가 갑자기 걸음을 멈췄다. 서너 발자국 뒤에서 따라가던 나는 부딪칠까 봐 얼른 몸을 틀어 뚱뚱이 옆으로 지나갔다. 그러다 보니 둘과 아주 가까워졌는데, 둘이 나누는 말을 다 듣지는 못했으나 몇몇 낱말이 귀에 들어왔다. '니코틴'과 '전자담배', 그리고 '돈'이었다. '니코틴'과 '전자담배'란 낱말은 중학생들에게 그리 어울리지 않는다. '돈'이란 낱말이야 흔하지만 '돈'이 '니코틴과 전자담배'와 함께 붙으면 나쁜 학생이란 낱말도 딸려오기 때문이다. 둘을 똑바로 쳐다보며 '무슨 못된 짓을 꾸미냐?'고 캐묻고 싶었지만 꾹 참고 그냥 지나쳤다.

중앙 현관에 이른 뒤에 둘 쪽을 다시 봤다. 둘은 그때까지 머리를 맞 댄 채 그 자리에 그대로 있었다. 도대체 무슨 꿍꿍이일까? 첫날부터 파 헤치고 싶은 범죄조직을 만난 느낌이었다.

얼마 전까지 다니던 학교에서 내가 모르는 범죄(?)는 없었다. 학교에 서 못된 짓을 저지르고 다니는 애들과 다 가깝게 지냈고, 걔네들이 하 는 못된 짓은 거의 다 알았다. 나 모르게 저지른 짓도 나중에는 다 알아 냈다. 그래서 못된 짓을 일삼던 애들도 내 눈치를 보며 심한 나쁜 짓, 예 를 들면 학교에서 돈을 빼앗거나, 심하게 괴롭히거나, 담배를 피우는 짓 따위는 하지 않았다. 학교 밖에서 벌이는 나쁜 짓은 알아내기 어려웠 지만, 떼로 다니며 벌이는 나쁜 짓은 웬만하면 다 알아냈기에 다들 학 교 밖에서도 몸을 사렸다.

나는 애들이 저지른 범죄(?)를 알아내서 선생님들에게 알리는 쩨쩨한 짓 따위는 하지 않았다. 그냥 내 손으로 마무리했다. 못된 짓을 한 남자 들을 다루기는 어렵지 않다. 못된 짓에 빠져든 애들은 약한 사람에겐 센 척하지만, 저보다 센 사람 앞에서는 한없이 작아진다. 그래서 나쁜 짓 을 하는 애가 걸려들면 먼저 그 애에게 내가 지닌 힘을 보여준다. 내가 지닌 힘은 주먹이 아니다. 진짜 힘은 몸이 아니라 머리에서 나온다. 나 는 먼저 못된 짓을 한 애에게 다가간다. 그리고 그 아이가 예전에 아무 도 몰래 한 나쁜 짓까지 내가 속속들이 안다는 점을 슬쩍 보여준다. 나 쁜 짓뿐 아니라 걔와 얽힌 친구나 가족, 남들은 도저히 알 수 없는 일들 까지 들려준다. 물론 내가 모든 일을 다 알 수는 없으므로 내가 배운 프로파일링을 알맞게 써먹는다.

　진짜 프로파일러와는 견줄 수 없겠지만 중학생들은 내가 프로파일링을 통해 제 숨겨진 이야기를 끄집어내면 화들짝 놀라며 주눅이 든다. 나는 말할 때 있는 그대로 들려주지 않고 두려움을 불러일으키는 말들을 버무리기 때문에 더욱 나를 무서워하게 된다. 겁먹은 애는 다루기 쉽다. 한 번 나에게 겁을 집어 먹은 애들은 내 말을 잘 듣는다. 나는 나쁜 짓을 하지 말라고 시키지는 않는다. 겁을 집어 먹은 애들도 아예 나쁜 짓을 못하게 하면 구석에 몰린 쥐가 고양이에게 대들 듯이 대들기 때문이다. 그렇기에 나는 그저 지나치게 나쁜 짓만 벌이지 못하게 막는다. 그럼 애들은 내가 쳐놓은 테두리 안에서만 나쁜 짓을 한다. 내가 힘을 보여줘도 듣지 않는 애들이 가끔 있는데, 그런 애들에겐 더 센 힘을 보여준다. 나에겐 주먹깨나 쓰는 친구들이 몇몇 있다. 걔들은 거의 다 나한테 약점이 잡혔기에 내가 뭘 해달라고 하면 잘 듣는다. 그런 애들 몇몇을 보내면 내 말을 듣지 않던 애도 나한테 무릎을 꿇는다.

　여자들은 처음엔 어려웠지만 나중에는 남자들보다 더 쉬웠다. 남자들은 가깝지 않아도 약점을 잡고 힘을 보여주면 무릎을 꿇는다. 그러나 여자들은 그렇지 않다. 여자들에게 가깝지 않은 이가 지닌 힘은 별 쓸모가 없다. 약점을 잡기도 쉽지 않고, 내 마음대로 휘두를 만한 약점을 잡히는 애들도 많지 않다. 여자애들에게 아무런 힘을 쓰지 못하는 나는 반쪽짜리 왕이었다. 그러다 뜻밖에도 아주 쉬운 길을 알아냈다. 여자들은 무리지어 다닌다. 같은 무리끼리는 엄청나게 가깝지만 무리에 끼지 못한 애들에겐 차갑게 군다. 학교에는 수많은 무리가 있고, 그 무리에는 반드시 우두머리 노릇을 하는 애가 있다. 나는 각 무리에서 우두머리 노릇을 하는 여자애들과 가까워져서 마음을 얻었다. 선물을 주기도 하고, 마음에 있는 남자애를 이어주기도 하고, 숙제를 못해오면 메꿔주고, 선생님에게 찍혀서 괴로워할 때 벗어나게 도와주기도 했다. 이렇게 해서 우두머리 노릇을 하는 여자애들과 아주 가까워졌다. 우두머리 여자애들을 거치면 웬만한 여자애들을 내 마음대로 다룰 수 있었고, 삐딱하게 노는 애들이 어떤 짓을 벌이는지도 거의 다 알게 되었다.

그렇기 때문에 내가 전에 다니던 학교는 내 왕국이었다. 내가 학교를 옮긴다고 하자 남자애들은 말은 아쉽다고 하면서도 얼굴빛이 환해졌는데, 각 무리에서 우두머리 노릇을 하며 나와 가깝게 지냈던 여자들은 참마음으로 안타까워했다. 나는 남자와는 진짜 친구가 되도 여자와는 그럴 수 없다고 생각했는데 그 일을 겪으며 달리 생각하게 되었다.

아무튼 새 학교에 오자마자 내 눈에 띈 저 두 녀석이 도대체 무슨 꿍꿍인지 꼭 알아봐야겠다고 다짐했다.

08시 38분_교무실

　중앙 현관으로 들어와 계단을 걸어서 2층으로 올라갔다. 2층 계단 맞은편에 교장실이 보였고, 오른쪽에 교무실, 왼쪽에 행정실이 있었다. 나는 교무실 문을 열었다. 예전에 다니던 학교와 크게 다르지 않은 교무실이었다. 문 가까이 앉아계신 남자 선생님께 꾸벅 절을 했다.

　"오늘 전학 온 학생입니다."

　"전학 왔어? 몇 학년이지?"

　"3학년입니다."

　"아, 3학년 9반에 새로 올 학생이 있다더니…, 잠깐 기다리렴."

　남자 선생님 왼손엔 펜처럼 생겼지만 펜은 아닌 검고 기다란 무엇이 있었다. 한쪽 끝은 좁고 다른 쪽 끝은 동그랗고 넓었으며, 양쪽 끝은 검은빛이고 가운데는 은빛이었다. 선생님은 그것을 책상 서랍에 집어넣고는 일어서더니 교무실이 쩌렁쩌렁 울리도록 소리를 질렀다.

　"김 선생님! 여기 전학생 왔어요. 저쪽에 예-쁜- 선생님 계시지? 그쪽으로 가 봐."

선생님은 '예쁜'이란 낱말을 툭툭 끊어 말했다. 즐겁고 밝아 보이는 선생님이었다.

"고맙습니다."

나는 다시 고개를 숙였다.

"어쭈! 고맙다는 말도 할 줄 알고, 제법이네."

선생님은 내 쪽으로 몸을 일으키더니 내 어깨를 툭툭 두드렸다.

나는 학생들에게는 왕이었지만 선생님들에게는 늘 바르고 고분고분했다. 선생님들을 뵐 때마다 깍듯하게 인사하고, 사람됨이 엉망인 선생님에게도 버릇없어 보이는 말은 한마디도 하지 않았다.

인도처럼 학교에도 카스트가 있다. 카스트 계급에는 브라만, 크샤트리아, 바이샤, 수드라, 그리고 불가촉천민인 하리잔이 있다. 학교에서는 교장과 교감 선생님이 브라만이요, 선생님들은 크샤트리아다. 공부잘하는 학생이 바이샤, 선생님들 눈 밖에 나지 않고 애들과 그럭저럭지내는 학생들이 수드라다. 선생님들에게 찍히고, 왕따 당하는 애들이하리잔이다. 카스트 안에 부카스트가 있듯이 바이샤와 수드라 안에도여러 무리가 있으며 카스트 제도처럼 위와 아래가 나뉜다. 나는 바이샤안에서 가장 높은 자리지만 언제나 크샤트리아 밑이다. 그래서 나는 크샤트리아에겐 늘 머리를 숙인다. 속으로 이를 가는 일이 생겨도 그냥 따른다. 애들이 억울하다며 나에게 어떻게 해보라고 말해도 들어주지 않는다. 가끔 됨됨이가 못된 선생님을 만나면 어떻게 해버리고 싶은 마음이 불뚝불뚝 치솟고, 골탕 먹일 길이 보일 때도 있지만, 결코 하지 않는다. 아래 카스트가 위 카스트를 건드릴 때는 내 자리를 걸어야 하기 때문이다. 나는 그런 짓은 하지 않는다.

나는 남자 선생님이 가리키는 쪽을 보았다. 짧은 커트 머리에 밝은 갈색으로 옅은 염색을 한 머리부터 눈에 들어왔다. 가운데 살짝 왼쪽으로 치우쳐 가르마가 있고 머리카락은 자연스럽게 흘러서 이마를 반쯤 가렸다. 광대뼈가 살짝 튀어나왔고 입술은 화장기가 없었으며, 눈썹은 아이라인을 하지 않았는데도 진해 보였다. 웃으면 보조개가 생기고 환한 느낌이 들 만한 얼굴인데, 잘 웃는 선생님 같지는 않았다. 나를 보는 얼굴빛에도 반가움이라곤 묻어나지 않았다. 검은 윗옷 탓에 얼굴은 더 어두워보였다.

"네가 홍구산이니?"

선생님은 나를 힐긋 보더니 건성으로 물었다. 나를 귀찮아하는 듯한 느낌마저 들었다. 학교를 직장으로만 여기고, 학생들을 제대로 가르치겠다는 마음 따위는 버린 지 오래인 선생님들을 여럿 보았는데, 단 한 마디에서 어떤 선생님인지 느낌이 왔다.

"안녕하세요. 홍구산입니다."

마음에 들지 않았지만 늘 그랬듯이 나는 깍듯하게 말했다.

"거기서 잠깐 기다려."

선생님은 수첩을 뒤적거리며 무언가 끄적거리고는 종이 더미에서 서류철을 하나 빼내더니 뒤적거렸다. 딱히 할 일이 없던 나는 선생님 책상을 가만히 살폈다. 책상이 지저분했다. 모니터 둘레에 포스트잇이 가득하고, 책꽂이엔 책과 참고서와 서류철이 뒤죽박죽이고, 각종 필기구와 문방구와 종이쪼가리가 책상 위에 나뒹굴었다. 마시고 버리지 않은 일회용 커피 잔이 두 개, 빼곡한 글씨로 가득한 책상 달력이 두 개, 먹다 만 초콜릿이 두 개, 마시고 제자리에 돌려놓지 않은 컵 두 개, 텀블러도 두 개였다. 책상 달력 두 개엔 검은 글씨만 가득했는데 오른쪽 책상 달력에 새빨간 동그라미가 유난히 도드라져 보였다. 마지막 토요일을 감싼 동그라미 아래로 '윤호'란 파란 글씨가 보였다. 윤호가 아들 같았다.

엄마라면 아들이나 남편 사진을 두었을 만한데 책상 위 어디에도 사진이 보이지 않았다. 작은 사진이라도 있지 않을까 싶어 구석구석을 살피다 모니터 뒤쪽에 엎어진 채 놓인 작은 액자를 찾아냈다. 그때 선생님이 첫째 서랍을 열고 무언가를 뒤적거리더니, 둘째 서랍을 열었다. 둘째 서랍에는 약봉지, 약을 담았던 약포장지, 찢어진 약포장지, 구겨진 처방전 등이 가득했다. 구겨진 처방전에는 '신경정신과'란 글씨가 뚜렷하게 보였다.

선생님 책상은 선생님이 어떤 사람인지 말해주었다. 제대로 치우지도 않을 만큼 마음이 어지럽다. 아들이 있지만 아무래도 같이 살지는 않는 듯하다. 남편과 헤어졌거나 따로 살며, 우울증이 있어서 약을 입에 달고 산다. 저런 선생님이 담임이라니 막막했지만, 한편으론 더 괜찮겠다는 생각도 들었다.

한참 책상을 살피며 선생님이 어떤 사람인지 미루어 헤아리는데, 갑자기 흰빛이 불쑥 눈앞에 나타났다.

"이 서류, 행정실에 주고 다시 와. 행정실이 어딘지는 아니?"

"네, 오면서 봤습니다. 다녀오겠습니다."

나는 두 손으로 서류를 받아들고, 두 걸음 뒤로 물러선 뒤에 몸을 돌렸다. 뒤에서 나를 보는 선생님 눈길이 느껴졌다. 나는 빠르게 교무실 문을 나서서 오른쪽으로 몸을 튼 뒤 행정실 쪽으로 걸었다. 걸으면서 얼핏 서류를 봤다. 내 전학 서류인 줄 알았는데 아니었다. 교육청에 내는 서류였고, 만든 이는 김경아였다. 교장실을 지나 행정실 앞에 서서 문을 두드린 뒤에 들어갔다.

들어서자마자 산도적처럼 생긴 남자랑 마주쳤다. 나는 곧바로 꾸벅 고개를 숙였다.

"너, 뭐냐?"

겉모습과 똑같이 거친 말투였다.

"김경아 선생님이 보내서 왔습니다."

"아, 그래? 저쪽 책상에 두고 가!"

나는 산도적이 가리키는 책상 쪽으로 갔다.

"그러니까 고화질 CCTV랑 서버를 오늘 오후부터 바꾸는 일을 한다는 말이지?"

산도적이 호리호리하게 생긴 남자를 보며 말했다.

"네. 그렇습니다."

산도적이 호리호리보다는 윗사람인 듯했다.

"야, 이 동네 엄마들은 통도 커! 고화질 CCTV 설치에 드는 돈을 다 대다니 말이야."

"이 동네 엄마들이야 다들 부자니까, 그쯤은 돈도 아니라고 여기나 봅니다."

산도적 앞쪽에 보안카드를 대야만 열리는 유리문이 보였다.

"좀 빨리 고화질로 달았으면 한 달 전에 일어난 도둑질도 누가 저질렀는지 알았을 텐데, 그땐 저화질이라 CCTV를 보고도 누군지 알아내지도 못했잖아."

"그 일 때문에 한참 시끄러웠잖아요."

"학부모들이 고화질 CCTV로 바꾸라고 어찌나 전화를 해대는지, 전화 받다가 일도 못했잖아. 학교에 돈이 없다고 하니까 학부모들이 나서서 이렇게 좋은 CCTV를 달아 주다니, 우리야 고맙지."

나는 서류를 산도적이 가리킨 책상에 내려놓고 문 쪽으로 되돌아 나왔다.

"고맙습니다. 가보겠습니다."

나는 고개를 숙이며 말했다.

"어, 어! 그래!"

산도적이 두꺼운 목을 힘겹게 돌리더니 고개를 왼쪽으로 가우뚱 하며 오른손을 들어 손끝을 까딱거렸다. 문을 열고 나와 왼쪽으로 걸으며 다시 눈여겨보니 교장실과 행정실 사이에 3미터쯤 되는 벽이 있었다. 벽 너머는 CCTV컴퓨터 서버와 모니터가 있는 방이다. 온 학교를 모조리 들여다 볼 수 있는 곳, 판옵티콘 감시탑이다. 교장실을 거쳐 다시 교무실 문에 이르니 때마침 김경아 선생님이 나왔다.

"주고 왔니?"

"네."

"따라 와."

선생님을 따라 계단을 올라갔다. 3층은 1학년 교실이었고, 4층은 2학년 교실이었다. 계단을 오르는데 계단이나 복도에 학생들이 한 명도 보이지 않았다. 예전 학교라면 이때쯤 늦게 온 학생들이나 화장실과 복도에서 서성대던 학생들이 교실로 뛰어 들어 가느라 시끄러웠을 텐데, 이 학교는 계단과 복도에 학생이 보이지 않았다. 조회 시간이 되기도 전에 모두 교실로 들어간 듯했다. 6층으로 올라가는 계단도 보였지만 더는 올라가지 않고 5층에서 왼쪽으로 갔다. 왼쪽엔 3학년 6반부터 3학년 10반까지 알림판이 쭉 달렸고, 오른쪽엔 3학년 5반부터 3학년 1반까지 있었다. 3학년 5반과 3학년 6반 사이엔 3학년 교무실과 탈의실이 있는데, 교무실을 마주 봤을 때 오른쪽엔 남학생 탈의실, 왼쪽엔 여학생 탈의실이 있었다. 탈의실 맞은편에는 선생님 화장실이 있었다. 나는 앞서 걸어가는 김경아 선생님을 바라보며 '3학년 담임인 선생님이 왜 3학년 교무실이 아니라 2층 교무실에 책상을 두었을까?' 하는 궁금증이 일었다.

나는 내 둘레 사람들을 숨은 속까지 속속들이 다 알고 싶다. 꼭 내 손아귀에 넣고 흔들고 싶어서가 아니다. 그냥 사람 속을 정말로 깊이 알고 싶다. 나는 저 먼 우주나 깊은 바다, 혹은 아마존 밀림이나 고대유적지 따위는 조금도 궁금하지 않다. 내 옆에 우주보다, 바다보다, 아마존보다, 고대유적지보다 그 속을 알기 어려운 사람들이 가득하기 때문이다.

김경아 선생님은 궁금증을 불러일으키는 선생님이었다. 만난 지 몇 분이 되지도 않았는데 벌써 수많은 궁금증이 일었다. 김경아 선생님 뒷모습이 3학년 9반 교실 앞문으로 사라졌다. 나는 깊이 숨을 들이마신 뒤, 따라 들어갔다.

08시49분_3학년9반 조회

　교실에 들어서는데 모두 자리에 있고 한 남학생만 창문 앞에서 앞문 쪽을 향해 서 있었다. 남학생 뒤로는 커튼이 보였는데 두 겹이었다. 바깥쪽 커튼은 짙은 검붉은 빛이고, 안쪽 커튼은 풀빛이었다. 커튼은 창문 오른쪽을 가렸고, 왼쪽 커튼은 예쁜 끈으로 묶였다. 선생님을 뒤따라 들어오자마자 그 남학생과 눈이 마주쳤다. 움직임을 멈추고 잠깐 나를 보던 남학생은 칠판 옆 벽에 단단하게 붙은 정육면체 상자를 보며 손을 움직였다. 내 쪽에서는 남학생 손이 보이지 않아서 볼 수는 없었지만, 정육면체 상자 겉에 잔뜩 붙은 그림말(이모티콘) 때문에 상자가 무엇이며, 남학생이 무얼 하는지는 어렵지 않게 헤아릴 수 있었다.

　상자에 붙은 그림말에는 스마트폰에서 내가 자주 쓰는 그림말도 보였다. 상자 문을 닫고 자물쇠를 건 뒤에 남학생은 천장에 매달린 커다란 디지털TV에 머리를 부딪치지 않으려고 몸을 살짝 숙인 뒤에 교탁 앞쪽을 돌아서 가운데 셋째 자리로 갔다. 자리에 앉을 때쯤 남학생은 손에 쥔 열쇠를 주머니에 넣었다. 김경아 선생님은 남학생을 말없이 지켜만 보았다. 나는 열쇠를 주머니에 넣은 남학생을 보며 생각에 잠겼다.

저 남학생이 반장이다. 반장이 아니라면 적어도 부반장이다. 반장이든 부반장이든 선생님이 굉장히 믿는 학생이다. 애들도 남학생을 꽤 믿는 눈치다. 남학생에게 열쇠가 있으니 제 마음대로 스마트폰을 꺼내거나 만질 수 있다. 같은 학생끼리 누구는 스마트폰을 마음대로 꺼낼 수 있는데, 누구는 맡겨둔 채 만지지도 못한다면 맡긴 학생들이 싫어한다. 그럼에도 남학생이 스마트폰을 거둬서 두는 상자에 자물쇠를 걸고, 열쇠를 주머니에 넣을 때까지 껄끄러운 낯빛을 하는 애들이 보이지 않는다는 것은 다른 애들이 그만큼 남학생을 믿는다는 뜻이다.

나는 어떤 모임을 처음 마주하면 그 모임 사람들이 어떻게 얽혔는지 어림잡아 헤아리기 좋아한다. 나중에 진짜가 드러났을 때 내 어림과 다르지 않으면 정말 기쁘다. 어림과 진짜가 다르면 내 어림이 왜 잘못되었는지 따져 본다. 프로파일러란 범죄를 다루고, 범죄는 사람 사이에서 일어난다. 사람과 사람이 어떻게 얽혔는지 잘 알면 프로파일링에 큰 도움이 된다. 그래서 틈날 때마다 사람 사이를 파고들어서 프로파일러라는 꿈을 이루는데 갖춰야 할 내 재주를 키워 나간다.

교실을 보며 그 남학생뿐 아니라 다른 애들도 모조리 살피고 싶은 마음이 일었지만 애써 억눌렀다. 이제는 내가 누군지 애들에게 말해줄 차례기 때문이다. 나는 학생들과 선생님이 인사말을 나누고 내게 말할 틈을 주기를 기다렸다. 그런데 아무런 낌새가 보이지 않았다. 선생님뿐 아니라 그 누구도 입을 열지 않았다. 김경아 선생님은 말없이 교실을 쭉 훑은 뒤에 출석부에 동그라미 서른여섯 개를 그린 뒤 출석부를 덮었다. 그러고는 한참 말없이 교실을 쭉 살폈다. 답답함에 먼저 말을 할까 말까 망설이는데 선생님이 입을 열었다.

"오늘 새롭게 온 학생이야. 이름은 홍구산."

나는 꾸벅 고개를 숙였다. 애들은 박수를 치지 않았다.

"반가워! 나는……."

내가 어떤 사람인지 말하려는데 선생님이 나를 가로막았다.

"안 해도 돼. 저기 빈자리에 가 앉아."

김경아 선생님이 어떤 사람인지 대충 헤아렸기에 나는 그대로 따랐다. 교탁 오른쪽으로 돌아서 책상 두 개를 지난 뒤에 빈자리에 앉았다.

"반장! 홍구산이 새로 왔으니까 반장이 이것저것 잘 알려줘."

"네!"

열쇠를 주머니에 넣었던 남학생이 대꾸했다. 내 생각대로였다.

선생님이 내 쪽을 봤다.

"궁금한 점이 생기면 무엇이든지 반장한테 물어 봐."

그렇게 말하고는 선생님은 그대로 밖으로 나가버렸다. 썰렁한 기운이 교실을 맴돌았다. 잠깐 동안 아무런 말도 들리지 않다가 이런저런 소리가 한꺼번에 터져 나왔다. 그렇다고 예전 학교처럼 시끄럽지는 않았다. 수많은 소리가 뒤섞여서 들렸지만 그 어떤 소리도 교실 밖에서 듣기에 거슬리지 않을 만한 크기였다.

"오늘부터 짝꿍이네. 반갑다."

나는 되도록 즐거운 티를 내며 옆에 앉은 여학생에게 말을 건넸다.

"그래~."

짝꿍은 날 힐끗 보더니 흐릿하게 대꾸했다. 이름표를 봤다. 문가영이다. 얼굴에 '나는 귀찮아요'를 써놓고 다니는 애였다. 그 무엇도 하기 싫다는 귀찮음으로 똘똘 뭉친 여학생임을 누가 봐도 알 만했다. 문가영은 내 쪽으로 정수리를 보여주면서 엎드렸다. 건드리지 말라는 몸짓이었다.

"나는 반장 이진욱이야."

문가영 건너편에 있던 반장이 내 쪽으로 다가와 손을 내밀며 말했다. 말투가 도도했다. '나는', '반장', '이진욱'이라는 낱말은 따로 떼어놓으면 아무렇지 않은데, 함께 묶어놓으니 말하는 이는 높이고 듣는 이는 낮추는 느낌이 물씬 풍겼다. 반장이 건넨 손은 문가영 머리 위에 있었다. 나는 앉은 채로 손을 살짝 잡았다가 놓으려는데 이진욱이 내 손을 꽉 잡고 놓아주지 않았다. 손아귀 힘이 제법 셌다. 나는 슬쩍 웃고는 손을 빼냈다.

"선생님 말씀처럼, 잘 모르는 게 있으면 나한테 물어 봐."

"알았어."

"오늘 수업 준비는 다 해 왔냐?"

"물론. 교과서도 새로 다 받았어. 오늘 사회, 수학, 미술, 과학, 체육, 국어 수업이지?"

"맞아. 잘 아네. 그리고 사물함은 36번을 써. 열쇠는 달고 싶으면 네가 달고. 아무튼 만나서 반갑다."

"나도."

이진욱이 제자리에 앉자, 오른쪽 뒤편에 있던 여학생이 말을 걸어왔다.

"난 허수민이야. 반가워."

허수민은 손을 들고 예쁘게 흔들었다.

"나도 반가워."

허수민은 예쁜 여학생이었다. 목소리도 부드럽고 얼굴빛도 살가웠다. 허수민 같은 느낌을 주는 애들은 공부도 잘하고 됨됨이도 좋다. 아무리 봐도 신은 고르게 재주를 내리지 않으신다. 누군가에겐 아름다움과 많은 돈과 뛰어난 머리와 좋은 됨됨이와 멋진 가족까지 몰아주지만, 또 누군가에겐 그 무엇 하나 주지 않기도 한다. 나는 제대로 갖추지 못하고 태어났다. 가족이라고는 이모밖에 없다. 두 여자가 어린 나를 기르려고 얼마나 발버둥 쳤을지는 듣지 않아도 알 만하다. 그러나 엄마는 나를 키우며 힘들었던 일은 한마디도 안 하셨다. 도리어 날 키우면서 얼마나 즐겁고 기뻤는지 끊임없이 되풀이해서 말씀하셨다. 엄마는 언제나 얼굴빛이 환하다. 엄마가 짓는 환한 웃음은 보는 사람을 절로 즐겁게 만든다. 아무 때나 웃어서 가끔은 철없어 보일 때도 많지만 그래도 난 좋다. 신은 엄마에게 모진 힘겨움을 주었지만 힘겨움을 이겨낼 웃음도 주었다. 그런 점은 참 고맙다. 나를 키우는 내내 엄마는 돈이 모자라서 몹시 힘들었다. 이모가 경찰이 되고, 엄마가 가게를 차린 뒤에야 겨우 숨통이 트였다.

엄마는 이모와 같이 살게 되자 정말 기뻐했지만 단 하나, 내가 다녀야 할 학교가 부자 동네 한복판에 있어서 몹시 걱정했다. 엄마는 살면서

없이 산다고 풀이 죽거나 남들 눈치를 보지는 않으셨다. 내가 부자 동네에 있는 학교로 가게 되자, 처음으로 돈 없어서 내가 놀림을 당하지 않을까 걱정했다. 엄마가 늘 그랬듯이 나도 싱글싱글 웃으며 엄마 걱정을 묻어버렸다. 엄마 걱정을 달래려고 짓는 웃음은 아니었다. 정말로 나는 그런 걱정 따윈 안 했다. 엄마는 내가 예전 학교에서 어떻게 지냈는지 모른다. 내가 얼마나 많은 애들을 거느리고 내 마음대로 애들을 부리며 지냈는지도 모른다. 나는 이 학교에서도 몇 달 지나지 않아 내 왕국이 이루어지리라고 믿는다. 돈 많은 집 애들은 없이 사는 집 애들보다 오히려 다루기 쉽기 때문이다.

허수민과 인사를 나누던 나는 허수민 뒤편 쪽에서 낯익은 얼굴을 찾아냈다. 아침에 봤던 홀쭉이와 뚱뚱이였다. 이런 말을 들으면 어떨지 모르겠지만, 범죄 냄새가 물씬 풍겼던 애들이 우리 반이라니 무척 반가웠다. 뚱뚱이가 뒤에, 홀쭉이가 앞이었다. 둘은 끊임없이 속닥거리고 까불고 손장난을 주고받았다. 가만히 뚱뚱이와 홀쭉이를 보다가 1교시를 알리는 소리를 듣고는 몸을 앞으로 돌렸다. 나는 사회 교과서와 공책, 필통을 꺼냈다. 깊은 숨을 들이마시면서 어깨를 올렸고, 내쉬면서 어깨를 내렸다.

09시34분_1교시 사회 수업

모니터에 뜬 파워포인트를 보면서 이진욱, 류혁재, 남은영, 변유진이 나란히 서서 프레젠테이션을 했다. 이진욱이 이야기를 이끌었고 류혁재, 남은영, 변유진은 맡은 대목이 나오면 종이에 써온 글을 그냥 읽었다. 한 학생이 종이를 보고 읽기를 마치면 이진욱이 손쉬우면서도 알맹이를 추려서 마무리했다. 그렇게 세 번을 거듭하고 난 뒤에 마지막으로 이진욱이 하나로 엮어서 마무리를 지었다. 깔끔했고 이진욱이 학생들을 이끄는 솜씨가 돋보였다. 말하는 힘이 떨어지는 세 학생도 제 노릇을 넉넉히 했다. 말하는 내용은 돋보이지 않았으나 높은 점수를 얻을 수밖에 없는 프레젠테이션이었다. 프레젠테이션이 끝나자 애들이 모두 박수를 쳤다. 이진욱은 애들을 다독거리며 환하게 웃었다.

"좋은 프레젠테이션이었어. 한 명이 단단하게 기둥처럼 이야기를 끌고, 나머지 세 명이 제 노릇을 하며 꾸려가는 모습이 보기 좋았어."

사회 선생님도 나와 생각이 같았다.

082

"이제 마지막이네, 채예림, 곽민기, 나일현, 심다은, 나와라!"

교탁 바로 앞쪽에서 여학생 한 명과 남학생 두 명이 일어났고, 복도 쪽 맨 끝자리에서 한 여학생이 일어났다. 네 명이 앞으로 나갈 때 누가 등을 찔렀다. 깜짝 놀라 뒤를 봤다. 뒤에 앉은 남자애가 나한테 장난을 걸었다.

"야, 전학! 전학! 넌 하지도 않으면서 뭐 그렇게 뚫어지게 쳐다보냐?"

들릴 듯 말 듯한 소리로 말하는데 귀에 몹시 거슬렸다. 나는 말은 하지 않고 이름을 보고 나서 가만히 째려봤다. 몸을 웅크리며 장난을 치던 진상현과 내 눈이 뒤엉켰다. 진상현은 나와 눈이 마주치자 오른쪽 두 손가락으로 내 눈을 찌르는 시늉을 했다.

"어디서 째려 봐! 전학이~!"

어디 가나 이런 놈들이 있다. 수업시간에는 말을 섞어 봐야 나쁜 일만 생긴다. 대꾸 한마디 안 하고 몸을 돌렸는데, 곧바로 진상현이 내 등을 찔렀다. 울컥 부아가 치밀었지만 꾹 참았다. 처음에는 띄엄띄엄 찔렀지만 내가 가만히 참자 마구잡이로 찔렀다. 몸을 돌리면 선생님 눈에 확 띄는 자리인지라 꾹 참았다. 내가 꿈쩍 안 할수록 진상현은 더 심하게 장난을 쳤다.

내 짝꿍 문가영은 제 몸을 이끌고 앞에 나가 프레젠테이션을 할 때 빼고는, 처음부터 끝까지 앞쪽은 쳐다보지도 않고 제 공책만 보며 끄적거리기만 했다. 공책은 글과 그림으로 가득했다. 나는 문가영 어깨를 톡톡 쳤다. 문가영이 나를 봤다. 나는 문가영 공책에 글을 써서 물었다.

'내 뒤에 앉은 진상현, 어떤 애냐?'

문가영은 내가 쓴 글을 한 번 보고, 나를 한 번 보더니 내 글 아래에 댓글을 달았다.

'잘난 척하고, 힘없는 애들 괴롭히는 못된 애'

'공부는 잘 하냐?'

'이 반에선 잘한다는 말 함부로 못해. 전교1, 2, 3등이 다 있고, 전교 30등 안쪽 애들만 10명이야. 진상현도 다른 반이었으면 꽤 한다는 소리 듣겠지만, 이 반에서는 잘하는 축에 끼지도 못해.'

'전교 30등 안에 10명? 말이 돼?'

'이 반이 조금 말이 안 돼'

전교 30등 안에 드는 학생이 열 명이나 모인 반이라니, 믿기지 않았지만 무언가 그럴 만한 까닭이 있겠지 싶었다.

'알려줘서 고마워'

'그딴 말은 됐어, 나도 진상현 싫어. 진짜 개망나니야'

문가영이 꼼꼼하게 알려준 덕분에 나는 진상현이 어떤 애인지 대충 헤아렸다. 쉬는 시간에 저 못된 버르장머리를 고쳐줘야겠다고 마음먹고 수업 시간에는 진상현이 어떤 장난을 치든 꾹 참기로 했다.

진상현 때문에 제대로 못 들었지만 채예림, 곽민기, 나일현, 심다은이 한 프레젠테이션은 이진욱이 이끄는 모둠에 견줘서는 한참 떨어졌다. 맨 처음 말을 한 채예림은 이진욱보다 더 뛰어나다고 여겨질 만큼 아주 잘했으나 곽민기는 끔찍했다. 종이를 보며 말을 하는데도 입에서 웅얼거리기만 할 뿐 말을 밖으로 크게 내뱉지 못했다. 답답하게 곽민기를 지켜보던 채예림이 곽민기를 뒤로 밀어내고는 빼어난 말솜씨로 곽민기가 저지른 끔찍함을 지웠다. 심다은은 그럭저럭 했지만, 나일현은 잘 하다가 마지막 대목에서 머뭇거리더니 프레젠테이션을 흐지부지 마무리해 버렸다. 나일현 말이 끝나고 박수가 나는 둥 마는 둥 할 때, 진상현이 엄청나게 세게 내 등을 찔러서 화들짝 놀라 몸을 돌렸다. 나는 진상현을 매섭게 노려봤다. 진상현은 혀를 삐죽 내민 뒤에 모른 척하며 딴짓을 했다. 나는 입술을 지그시 깨물고는 앞으로 몸을 돌렸다.

"넷이 잘 어울리게 제 노릇을 해야 점수가 높다고 했는데, 지나치게 기울어졌어. 채예림, 넌 너 혼자만 잘하지 말고 애들도 잘하게 미리미리 도와줘. 이번 모둠이 내용이나 짜임은 가장 좋았는데…… 아쉬워."

선생님 말을 뒤로한 채 곽민기와 나일현은 시무룩한 얼굴로, 채예림은 잔뜩 골이 난 얼굴로, 심다은은 시큰둥한 얼굴로 들어왔다.

"그동안 프레젠테이션 수행평가 준비하느라 힘들었지?"

"네~!"

많은 애들이 입을 맞춰 대꾸했다.

"이제 프레젠테이션 수행평가가 끝났으니까 다음은 글쓰기다. 알지?"

아무도 대꾸하지 않았다.

"다음 주 목요일 수업까지 우리나라 땅을 다룬 책을 읽고 글 써오도록."

"네~!"

몇몇 학생이 작은 소리로 힘없이 말했다.

"아참, 오늘 새로 온 학생 있다며?"

내가 손을 들었다.

"프레젠테이션은 못했지만 너도 글은 써와. 뭘 해오는지는 반장한테 물어 보고."

"네, 알겠습니다."

나는 씩씩하게 말했다.

"대답이 시원시원해서 좋네. 좋아! 자, 수업 끝!"

09시45분_1교시 쉬는 시간

사회 선생님이 교실 문을 나가실 때까지 가만히 있다가 진상현 쪽으로 몸을 휙 돌렸다. 나한테 시건방지게 군 진상현을 가만 둘 수 없었기 때문이다. 그런데 진상현이 보이지 않았다. 어디 있나 찾아보니 벌써 뒷문으로 뛰어나가고 있었다. 진상현 뒤로 뚱뚱이와 홀쭉이가 나가는 모습이 보였고, 그 뒤로 껄렁거리는 애가 뒤따라 나갔다. 쫓아가서 혼내주려고 일어서려는데, 갑자기 까마귀 목청이 찢어지는 듯 한 소리가 교실을 집어삼켰다.

"아악～!"

소리가 나는 쪽을 봤다. 채예림이 건너편에 앞뒤로 앉은 나일현과 곽민기를 불같이 노려보며 지른 소리였다. 교실은 잠깐 아무 소리도 들리지 않았고, 아무도 움직이지 않았다. 누가 '잠깐 멈춤' 단추를 눌러서 모두를 꼼짝 못하게 만들어버린 듯했다.

"야～ 곽민기! 내가 소리 내서 읽으라고 말했잖아. 그냥 읽으라고,

소리 내서 읽기만 하라고 다 써서 주었는데 제대로 읽지도 못하냐? 너 우리말 몰라? 초등학교도 안 나왔어? 중3씩이나 돼서 한글도 모르는 바보냐?"

나일현 뒤에 앉은 곽민기는 고개를 푹 숙인 채 채예림을 보지도 못했다.

"채예림, 심하다! 어떻게 그렇게 말하냐?"

곽민기 뒤에 앉은 반장 이진욱이 곽민기를 감싸고 돌았다.

"이진욱 넌 나서지 마! 넌 수행 점수 잘 받으니 좋냐? 나 따라잡으려고 똘마니 곽민기한테 웅얼거리라고 시켰지?"

"뭐? 진짜, 너!"

이진욱은 얼굴이 뻘게지며 주먹을 불끈 쥐고는 부르르 떨었다.

'뜻밖이네. 이진욱이 굉장히 단단한 줄 알았는데, 저런 말에 휘둘리다니……'

속으로 그렇게 생각하며 재미 넘치는 싸움을 즐겁게 구경했다. 이 반이 어떻게 돌아가는지, 학생들끼리 어떻게 얽히고 이어졌는지, 큰 싸움이 일어나면 다 드러난다. 또한 싸움이 일어나면 그때까지 꽁꽁 숨겨놓았던 속이 겉으로 훤하게 드러난다. 그러니 사람을 더 깊이 알고 싶은 나에게 싸움은 더없이 좋은 배움 마당이다. 학교를 옮긴 첫날이기에 더욱 반가운 싸움이었다.

이진욱을 가볍게 눌러버린 채예림은 나일현에게 화살을 돌렸다.

"야, 나일현! 내가 그렇게 외우라고 말했는데, 그걸 못 외워서 그 따위로 말하냐? 마지막이 가장 알맹인데 홀라당 까먹어? 내가 어제 더 꼼꼼하게 외우라니까 잔소리 그만하라고 도리어 나한테 큰소리쳤잖아? 그래, 이렇게 망치니까 좋냐? 나 망하게 해서 좋아? 그렇게 나를 위에서 끌어내리고 싶니?"

채예림이 쏘아대는 화살은 날카롭고 매서웠다. 나도 모르게 혀를 내둘렀다. 드라마 속 나쁜 여자가 TV를 뚫고 튀어나온 듯했다.

"그러게 내가 하고 싶은 대로 하게 두라고 했잖아. 처음부터 끝까지 네가 다 만들고, 우리는 그냥 네가 써 준 대로 말하기만 하라고 하니까 그렇지."

나일현은 쉽게 물러서지 않았다.

"그래서? 그래서, 그렇게 네 글로 했다면, 잘됐겠어? 선생님도 내가 만든 프레젠테이션이 내용과 짜임은 가장 좋다고 했어. 못 들었어? 귓구멍이 막혔냐? 아니면 듣고도 금세 까먹는 새대가리냐?"

나일현은 말로 채예림과 맞수가 되지 못했다.

"이게 보자보자 하니까!"

나일현이 주먹을 쥐고 벌떡 일어났다. 한 대 치지 않을까 싶었다. 나일현은 채예림에게 손찌검을 할까? 나일현에게 맞는다면 채예림은 어떻게 할까? 싸움은 점점 재미를 더해갔다.

"때리게? 그래, 때려 봐?"

"아, 진짜, 그냥!"

나일현은 손을 치켜들었다. 여학생과 남학생이 벌이는 몸싸움은 영화나 드라마에선 봤지만 진짜로는 본 적이 없었기에 가슴이 두근거리기까지 했다.

"야, 나일현, 어디 한번 때려봐라!"

"그래, 한번 해봐. 어찌되나 보자."

"이게 어디서 싸가지 없이."

"학교폭력위원회 열게 멋지게 주먹 휘둘러 봐."

여러 여학생이 매섭게 쏟아냈다. 채예림과 나일현 싸움에만 고부라졌던 나는, 그때서야 채예림 뒤쪽에 늘어선 여학생 다섯이 눈에 들어왔다. 한수연, 송은교, 강혜정, 전다겸, 변유진이란 이름표가 보였다. 아무래도 채예림과 같이 어울려 다니는 여학생들 같았다. 여자 여섯 명과 남자 한 명, 아무리 싸움을 잘하고, 난다 긴다 하는 말재주를 지녀도 그 어떤 남자도 이기지 못할 싸움이다.

"너, 그따위로 굴지 마! 나는 너 같은 놈들이 진절머리 나게 싫어. 알아? 잘난 척하지 말고 시키는 대로나 잘해. 제대로 할 줄 모르면 고분고분하게 말이나 잘 들어. 다른 수행평가 할 때 또 이번처럼 엉망으로 하면 그때는 진짜 가만 안 둬! 알았어?"

나일현은 뭐라 말은 못하고 눈동자를 이쪽으로 두었다 저쪽으로 두었다 하며 끓어오르는 부아를 삭혔다.

"야! 알았냐고? 사람이 말을 하면 대꾸를 해!"

채예림은 구석에 몰린 나일현을 끝까지 몰아붙였다.

"알았…어."

나일현은 채예림 쪽은 보지도 않은 채 들릴 듯 말 듯 말했다.

"너도 곽민기냐? 소리도 크게 못 내게?"

"알았다고."

나일현이 얼굴을 찡그리며 크게 말했다.

"곽민기, 나일현, 너희들이랑 같은 모둠 하기도 싫지만 국어 수행평가도 같이 해야 하니까 그때는 내 말 잘 들어. 알았어?"

"알았어."

"……."

나일현 목소리는 들렸지만, 곽민기 목소리는 들리지 않았다.

"야, 곽민기! 알아들어, 못 알아들어? 넌 목소리도 없냐? 벙어리야?"

곽민기 뒤에 있던 이진욱이 곽민기 등을 손바닥으로 다독였다. 이진욱 얼굴에는 여전히 노여움이 남아 있었다. 이진욱이 손바닥으로 다독여주어서 그랬는지 몰라도 곽민기 입에서 목소리가 나왔다.

"어~!"

곽민기는 온 몸에 남은 힘을 다 쥐어짜서 한마디 내뱉었다. 내 귀에도 가까스로 들렸다.

"크게 좀 말해."

채예림이 소리를 버럭 질렀다.

"어~어!"

누구에게나 들릴 만큼 곽민기가 목청을 높이자 채예림은 나일현과 곽민기를 한 번씩 째려보고는 팔짱을 풀었다. 팔짱을 푼 채예림은 자리를 박차고 나갔고, 채예림 뒤에 있던 여학생들도 우르르 채예림을 따라나갔다.

내 눈은 채예림과 그 무리들을 좇았다. 채예림이 저 무리에서 우두머리였다. 예전에 다니던 학교에서 무리를 이끄는 많은 여학생들과 가깝게 지냈지만, 채예림처럼 무서운 애는 없었다. 내가 채예림과 맞선다면 어떨까? 나일현이나 이진욱처럼 밀리지는 않겠지만 쉽지 않아 보인다. 그렇다고 내가 진다는 뜻은 아니다. 채예림을 모르기에 쉽지 않을 뿐, 채예림을 속속들이 알고 나면 다르다. 모든 싸움이 그렇듯이 알면 이기기 쉽고, 모르면 밀린다.

채예림 무리를 좇던 내 눈에 사회 시간에 나를 괴롭히던 진상현이 들어왔다. 눈깔을 이리저리 굴리며 뒷문으로 들어온 진상현은 들어오자마자 가만히 앉아 있는 여자애를 툭 건드렸다. 여자애는 손을 휘저으며 진상현을 치려고 했지만 진상현은 잽싸게 도망을 쳤다. 진상현은 내 쪽으로 달려왔다. 나는 도망가는 진상현 앞을 가로막았다.

"오! 전학생! 나서보시게?"

진상현이 방정맞게 깝죽댔다.

"진상현, 넌 내가 만만해 보이냐?"

나는 입술에 작은 비웃음을 걸고 진상현에게 말을 걸었다.

"어쭈, 전학생 주제에 첫날부터 까불어?"

진상현이 오른손을 들어 나를 치는 시늉을 했다.

진상현 같은 애는 정말 많이 만났다. 잘난 척하고, 힘이 센 척하고, 남을 깔보며 심하게 장난을 걸지만, 진짜 힘은 없다. 공부를 진짜 잘하는 애들에겐 대들지도 못하지만 저보다 공부 못하는 애들은 엄청 깔본다. 이런 애는 거의 다 잘난 형이나 누나가 있다. 진상현은 몸이 삐쩍 마르고, 꼬장꼬장하다. 힘으로 형과 다투며 거칠게 장난을 칠 놈이 아니다. 나에게 장난을 칠 때 쓰는 말투도 형과 다툴 때는 어울리지 않는다. 진상현 위는 누나일 확률이 높다. 진상현에게 누나가 있다면 공부를 꽤 잘 하고, 성깔이 있으며, 툭 하면 다투는 누나임에 틀림없다. 어쩌면 채예림과 엇비슷한 됨됨이일지도 모른다.

감춰진 모습을 알면 그 사람을 제압하기 쉬워진다. 진상현을 칠 칼을 마련했으니 휘둘러야 한다. 휘두를 때는 대충 하면 안 된다. 다시 눈을 마주치기 두려울 만큼 짓밟아야 한다. 내가 한 프로파일링이 틀릴지도 모른다. 그래도 찔러야 한다. 안 맞으면 또 그때는 다르게 말을 만들면 된다. 툭 찔렀는데 맞으면 더할 나위 없이 좋다.

"잘난 누나 둬서 힘드냐?"

칼을 찔렀다. 장난질과 건방짐이 가득했던 진상현 눈이 흔들렸다. 얼굴이 일그러졌다. 진상현 눈은 내 프로파일링이 제대로 맞았음을 보여주었다.

"잘난 누나 때문에 힘들지? 누나한테는 쪽도 못쓰고, 엄마는 늘 누나와 널 견줘서 혼내고, 누나한테 공부론 안 되니까 트집 잡아서 장난을 걸어보지만 만만치는 않고, 미치겠지?"

얼굴빛이 붉으락푸르락 바뀐다. 이럴 때일수록 칼을 깊이 찔러서 헤집어 줘야 한다.

"누나 때문에 쌓인 짜증을 만만하게 보이는 애들한테 풀고 다니는 모양인데, 잘못 골랐어. 그리고 여자애들한테 툭하면 장난질 하는 걸로 그 스트레스를 푸는 것 같은데 누나한테 쌓였으면 누나한테 풀어, 괜히 착한 여자애들 괴롭히지 말고."

"너, 너, 나를 어떻게? 이 새끼가 어디 남 뒤를 캐고."

진상현이 안간힘을 쓰며 대들었다.

"한 번만 더 나한테 욕하면 집에서 누나한테 당했을 때보다 더하게 되갚아 줄 테니까 욕 그만해라. 너 학교에서 이러고 지내는 거 엄마가 알면 가만히 있을까? 아빠도 네가 이러고 지내는 줄 알면 어떠실까? 앞으로는 쓸 데 없이 나대지 말고 가만히 찌그러져서 눈치나 보고 살아. 못났으면 못났다고 받아들이면서 지내. 알았냐?"

진상현은 고개를 푹 숙이더니 손을 꽉 쥐었다.

"그 주먹 풀고, 내 눈 똑바로 봐."

진상현은 내 말대로 따라 했다. 나는 진상현 턱을 오른손으로 살포시 쥐었다.

"야, 진상현!"

"……."

"말 안 하냐?"

"응…."

"응이 뭐냐, 응이?"

"네~."

"그래, 그래야지. 앞으로 여자애들 괴롭히고 살지 마라. 알았냐? 또 다시 못된 짓 하면, 내가 가만 안 둔다. 알았냐?"

"네."

"이젠 찌그러져."

나는 머리를 눌러 진상현을 자리에 앉혔다.

2교시 수업이 가까워졌기에 많은 애들이 교실에 있었고, 모두 나와 진상현을 봤다. 아니 나를 봤다. 나는 그런 눈길을 즐긴다. 나는 힘을 뒤로 쓰지 않는다. 겉으로 드러나게 힘을 쓴다. 겉으로는 좋은 척하며 뒤에서 몰래 헐뜯고, 끼리끼리 뭉쳐서 힘없는 애 앞에서만 으스대는 짓은 결코 하지 않을 뿐만 아니라 그런 짓을 몹시 싫어한다.

내가 자리에 앉으니 문가영이 토끼눈이 되어 나를 봤다.

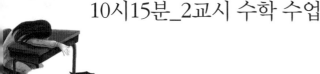

10시15분_2교시 수학 수업

　머리를 흔들고, 꼬집어도 졸음이 가시지 않았다. 웬만해선 졸지 않는데 도저히 참을 수 없었다. 교실 가득 퍼진 졸음 가스 때문이었다. 수학 선생님은 말투가 한결같았다. 낮게 깔린 채 위아래도 없이 똑같이 흐르는 목소리는 12시간을 잔 사람조차 다시 졸리게 만들 만했다. 수업을 한 지 몇 분이 지나지 않아서 학생들이 픽픽 쓰러졌는데, 수학 선생님은 자는 애들을 건드리지도 않았다. 듣든지 말든지 그냥 느릿느릿 읊조리기만 했다. 더는 그대로 버티기 어려웠다. 자든지 딴 짓을 하든지 둘 가운데 하나를 해야 했다. 자고 싶지는 않았다. 그래서 늘 하던 대로 교실 곳곳을 살피기로 했다. 어차피 선생님은 잠을 자든 딴 짓을 하든 시끄럽게 굴지만 않으면 내버려두므로 딴 짓을 해도 마음이 가벼웠다.

　꼿꼿하게 버티는 애들은 나 말고 다섯 사람이었다. 교탁 앞에 앉은 채예림, 내 짝꿍 문가영, 건너편에 앉은 반장 이진욱, 문가영 뒤편에 앉은 허수민, 이진욱 옆에 앉은 짝꿍 정주원이었다. 채예림은 뒤통수만 보여서 진짜 수업을 듣는지 다른 공부를 하는지 알 수가 없었다. 허수민과 이진욱은 선생님께 눈을 떼지 않았고, 정주원은 칠판은 보지 않고 책상 쪽에 눈을 두고 부지런히 연필을 놀렸다. 정주원이 공부를 하는지 그림을 그리는지 글을 쓰는지는 알 수 없었다. 나머지 학생들은 모조리 엎드려 잤기에 살필 만한 학생이 별로 없었다.

입맛을 다신 뒤 채예림 쪽으로 눈을 돌리는데, 채예림 뒤쪽에 앉은 주현희가 고개를 숙이고 이마를 책상에 반듯하게 댄 채 책상 아래쪽을 보며 부지런히 손을 놀리는 모습이 보였다. 가만히 살피니 무릎 위에 놓인 스마트폰이 보였다. 반장한테 내야 할 때 없는 척하고 내지 않은 모양이었다. 스마트폰을 내지 않고 몰래 만지는 모습이야 늘 봐왔기에 그러려니 하며 보았다. 가만히 지켜보기만 해도 졸음이 달아났다. 고개를 반듯하게 아래로 한 채 스마트폰을 만지던 주현희가 어느 때부터 왼쪽으로 목을 살짝 틀어 눈을 치켜뜨기를 거듭했다. 고개를 돌려 치켜떠서 노려본 다음 고개를 다시 아래로 해서 빠르게 스마트폰을 눌렀다.

주현희가 어디를 노려보는지 궁금했던 나는 주현희 눈길을 좇았다. 주현희 눈길은 내 왼쪽 앞에 앉은 임세연에게 꽂혔다가 되돌아 왔다. 임세연도 책상 아래 손을 두고 스마트폰을 만지다가 주현희 쪽을 노려보기를 거듭했다. 처음엔 둘이 스마트폰으로 문자를 주고받는다고 생각했는데, 가만히 보니 문자를 주고받는다고 여기기에는 무언가 어울리지 않았다. 둘은 한참 스마트폰으로 글을 쓰고, 잠깐 기다렸다가 글을 보고, 보낸 사람을 노려보고, 다시 길게 글을 썼다. 문자를 주고받을 때와 뚜렷이 달랐다. 둘이 무엇을 하는지 골똘히 생각한 끝에 나는 둘이

SNS로 싸운다는 결론을 내렸다. 그렇게 생각하고 주현희와 임세연을 살펴보니 모든 몸짓과 주고받는 눈길이 내 생각과 딱 들어맞았다.

언뜻 보기에도 임세연과 주현희 얼굴빛은 점점 검붉어졌고, 저러다 참지 못하고 수업시간에 서로 치고 박고 싸우지 않을까 걱정스럽기까지 했다. 수업 때는 안 싸워도 쉬는 시간이 되면 곧바로 한바탕이 싸움이 일어날 낌새였다. 빨리 쉬는 시간이 오고, 둘이 싸움이 붙어서 내 어림이 맞는지 안 맞는지 알려주기를 바랐다.

10시40분_2교시 쉬는 시간

수학 선생님이 나갔다. 나는 임세연과 주현희를 번갈아 보며 내 바람대로 싸움이 벌어지기를 기다렸다. 교실이 왁자지껄 들썩일 때 주현희가 임세연을 노려보며 일어났다. 잔뜩 골이 난 얼굴이었다. 그런데 임세연은 주현희에겐 아무 말도 않고 자리에서 일어나 곽민기 짝꿍인 황지영에게 갔다. 황지영 쪽으로 가는 임세연을 보며 주현희 얼굴이 심하게 일그러졌다. 임세연은 황지영에게 뭐라 귀엣말을 했고, 황지영은 책상을 쾅 치며 벌떡 일어났다.

"야, 주현희! 너 그따위로 굴래?"

주현희는 화들짝 놀라며 털썩 주저앉았다.

"다들 보는 페이스북에 그따위 글을 올리다니 미쳤냐?"

주현희는 움찔했지만 지지 않고 대들었다.

"쟤도 했는데 왜 나한테만 그래?"

"네가 페이스북에 먼저 올렸잖아. 네가 글 안 올렸으면 이런 일 안 벌어지지. 아이돌Z가 좋으면 그냥 좋다고 하지 세연이가 좋아하는 아이돌K는 왜 걸고 넘어져? 같은 반인데 그럼 되냐? 너는 너 좋아하는 곳에 가서 글 올려. 누가 뭐라 그래? 왜 친구들 다 보는 페이스북에 그따위 글을 올려? 너는 세연이가 네가 쫓아다니는 아이돌Z를 까는 글을 페이스북에 먼저 올리면 좋냐?"

"세연이도 똑같이 했는데 왜 나한테만 그래?"

주현희 눈에 눈물이 글썽였다.

"맞아. 현희만 몰아세우지 마. 아이돌K 팬클럽이 우리 오빠들 응원봉 빛깔을 따라했다고 해서 다른 데서도 한참 시끄러워."

허수민 뒤에 앉은 연지아가 제자리에 앉아서 작지만 힘 있게 말했다.

"너희들끼리 그 짓을 하든 말든 뭐라고 했어? 왜 같은 반애들이 다 보는 곳에서 그 따위 짓을 하냐고? 그리고 우리 오빠들? 웃기고 있네. 그리고 연지아, 넌 현희랑 아이돌 쫓아다닌다고 괜히 끼어들지 말고 찌그러져."

황지영이 연지아에게 쏘아붙였고 연지아는 황지영 눈을 마주보지도 못했다. 황지영은 다시 주현희를 째려봤다. 황지영이 내뿜는 기운은 무시무시했다.

"너 그따위로 굴지 마. 알았어? 빨리 페이스북 글 다 지워."

황지영이 다그치자 주현희는 어쩔 줄 모르며 눈을 돌리더니 마지못해 스마트폰을 만지작거렸다. 싸움은 싱겁게 끝났다. 황지영은 주현희가 페이스북 글을 다 지운 화면을 본 뒤에야 제자리로 돌아갔다. 임세연은 키득거리며 황지영에게 손을 흔들었고, 황지영은 별일 아니라는 듯

씩 웃었다.

옆에 문가영이 제 공책에 무언가를 적더니 나에게 보여주었다.

'황지영이 우리학교 여자 짱이야. 아무도 못 건드려. 쟤 말발은 선생
님도 못 이겨'

채예림, 이진욱, 황지영, 빛깔은 다르지만 웬만한 학교에서는 보기
어려운 됨됨이와 성깔을 지닌 애들이 한 반에 있었다. 나도 모르게 한
쪽 입 꼬리가 올라갔다.

남자애들은 황지영과 주현희가 벌인 다툼을 구경하다가 다툼이 끝
나자마자 미술실 간다면서 빠져나갔고, 여자애들은 자리에 앉아서 얼
굴 화장을 닦아내느라 부산스러웠다.

"어제, 옆 반 경서가 미술한테 걸려서 민낯 됐잖아. 화장품도 다 빼앗
기고. 하루 내내 쪽팔려서 죽는 줄 알았대."

"어휴, 미술은 날이 갈수록 무서워져."

"미술만 왜 그런대?"

"몰라, 작년만 해도 좀 봐주고 그러더니 올해 들어선 걸리면 칼이
야."

중3이면 많은 여학생들이 화장을 한다. 기초화장뿐 아니라 색조화장
을 하는 애들도 흔하다. 아무리 얌전한 애들도 틴트는 바른다.

교실에 남자는 나밖에 없는 줄 알았는데, 이진욱 뒷자리에 앉는 주영
민이 아직 남아 있었다. 주영민은 화장을 지우는 여학생들 사이에 끼어
수다를 떨었다. 목소리도 약간 가늘었는데 여자애들과 스스럼없이 어
울렸다. 주영민 몸짓과 손짓에서 여성스런 빛깔이 묻어났다. 어느 학교

를 가나 저런 애들이 꼭 한두 명은 있다. 옛날 학교에서도 주영민 같은 남학생이 있었다. 많은 남학생들이 여자들과 가까워지고 마음을 얻고 싶을 때 그 남학생에게 큰 도움을 받았다. 이 학교에서도 여학생들과 가까워지려면 주영민에게 도움을 받아야 할 듯했다.

"미술실이 어딘지는 아냐?"

문가영이 내게 말을 걸었다.

물론 모른다. 나는 두 팔을 들며 어깨를 으쓱했다.

"따라와."

10시50분_3교시 미술 시간

미술실에서 선생님이 오기를 기다리며 앉았는데 둘레에 앉은 여자 애들 얼굴이 낯설었다. 화장을 지우니 몰라보게 달라지는 얼굴이 많았다. 낯설게 보이는 얼굴을 한 애들일수록 얼굴빛이 좋지 않았다.

밝게 빛나는 노란 원피스를 입은 미술 선생님이 들어오셨다. 어른치고는 화장도 별로 하지 않고 수수했는데, 나이는 서른을 갓 넘은 듯했다. 미술 선생님은 들어오자마자 애들 사이를 쭉 돌아다녔다.

"야, 틴트1 너 일어나 봐."

미술 선생님이 조유진을 일으켜 세웠다.

"네가 틴트2였던가, 눈썹1이었던가? 아무튼 너 일어나."

한수연도 일어나게 했다.

"입술이 지나치게 붉은데, 너 일어나."

미술 선생님이 마지막으로 짚은 여학생이 황지영이었다.

"셋, 앞으로 나와 봐."

"선생님, 전 안했어요."

"보면 알겠지. 나와!"

조유진과 한수연은 말없이 나갔는데, 황지영은 투덜거리며 나갔다. 미술 선생님은 물티슈를 꺼내서 내밀었다.

"입 닦아 봐."

셋은 마지못해 입술을 닦은 뒤 물티슈를 선생님께 내밀었다.

"봐라 봐라 여기 묻었잖아. 틴트1, 넌 또 걸렸어. 틴트2, 너도 벌써 두 번째야."

미술 선생님은 조유진과 한수연이 입을 닦은 물티슈를 앞으로 보여 주었다.

"어! 넌 없네."

"전 안 했다고 했잖아요."

"그래, 알았어. 들어가."

황지영은 몸을 획 돌려서 자리로 돌아왔다. 때마침 내가 황지영 가까운 곳에 있어서 황지영 입술을 자세히 봤는데, 분명 틴트를 칠한 입술이었다. 미술 선생님이 보는 바로 앞에서 물티슈로 입술을 닦았는데, 어떻게 틴트가 묻어나지 않게 했는지 알송달송했다. 황지영은 옆에 앉은 애들을 툭툭 치면서 빙그레 웃었다.

"주번!"

나일현과 주현희가 일어났다.

"도화지랑 크레파스 나눠줘."

나일현과 주현희는 미술도구함에서 도화지와 크레파스를 꺼내서 학생들에게 나눠줬다.

"누가 저번 시간에 배운 데페이즈망이 뭔지 말해 볼래?"

몇몇이 손을 들었다.

"채예림!"

미술 선생님은 선생님 바로 앞에 앉은 채예림을 시켰다.

"데페이즈망이란 '쫓아낸다'는 뜻으로, 늘 있는 곳에서 떼어내어 있어서는 안 될 곳, 어울리지 않는 곳, 엉뚱한 곳에 옮겨 놓는 초현실주의 미술 기법입니다. 데페이즈망은 낯선 느낌이 들게 하여 익숙해진 틀을 깨버립니다. 초현실주의 화가 가운데 르네 마그리트가 데페이즈망을 자주 썼습니다."

미술 선생님은 채예림을 흐뭇하게 바라봤다.

"아주 좋아. 내가 다시 말해주지 않아도 될 만큼 알맹이를 잘 짚었어. 자, 오늘은 데페이즈망을 해볼 거야. 지난 시간에 봤던 그림들을 따라하려 하지 말고, 낯선 눈으로 새로움을 던져 봐. 미술은 새로움을 향한 끝없는 몸짓이야. 머리에 자물쇠를 채우지 말고, 하늘 높이, 우주 멀리, 바다 깊이, 생각 속 저 먼 곳까지 마음껏 휘저어 가 보는 거야. 이래도 돼요, 저래도 돼요 따위 물음은 하지 마. 하지 말아야 할 데페이즈망은 없어. 선생님이 어떻게 볼까, 점수를 많이 받을까 따위는 마음에 두지 마. 내가 학교에서 선생님 노릇을 하기에 점수를 줄 수밖에 없지만, 미술에 점수라니 얼토당토않은 짓이야. 괜찮으니까 마음껏 데페이즈망에 빠져 봐."

멋졌다. 나는 저런 선생님이 좋다. 미술 선생님이 왜 애들 화장을 심하게 잡는지는 모르겠지만, 미술 선생님으로서는 더할 나위 없이 좋은 분이란 생각이 들었다. 나중에 알았지만 미술 선생님 이름은 서빛나였다. 이름마저 아름다웠다. 나는 서빛나 미술 선생님 말씀대로 머리에서 자물쇠를 없앴다. 생각이 마음껏 나래를 펴고 날아가게 두었다. 바람을 따라, 물결을 따라, 불빛을 따라 흐르자 그리고 싶은 데페이즈망이 떠올랐다. 손이 가는대로 그렸다. 미술을 잘하는 편은 아니었지만 서빛나 선생님 말대로 그리니 제법 그림이 괜찮았다.

"선생님, 저 잘 그리지 않았어요? 피카소 그림 같죠?"

임세연이 까불거리며 선생님께 장난을 쳤다.

"피카소가 아니라 그냥 소가 그린 그림인 줄."

"아이, 선생님!"

임세연이 앙탈을 부렸고, 둘레 있던 애들이 깔깔거렸다.

쭉 돌아다니던 미술 선생님이 한 곳에 우뚝 멈춰 섰다.

"멋진 데페이즈망이네."

미술 선생님이 정주원 머리를 쓰다듬더니 정주원이 그린 그림을 들어서 보여주었다.

"여기 봐! 이 그림이 진짜 데페이즈망이야."

아름다웠다. 예쁜 그림은 아니었다. 도리어 처음 보면 거슬렸다. 종이를 채운 흰빛과 검은빛이 어울리지 않았다. 바로 그 어울리지 않음이 아름다웠다. 진짜 데페이즈망이었다.

"주번! 그림 거둬라. 뒷면에 이름 꼭 쓰고."

주현희와 나일현이 일어나 학생들이 그린 그림을 거뒀다. 나일현이 먼저 거둬서 교탁에 놓고 들어갔고, 뒤이어 주현희가 나머지 그림을 거둬서 선생님 교탁에 올려놓았다. 선생님은 주현희가 그림을 놓고 가자 가만히 그림을 보며 골똘히 생각에 빠진 듯했다. 선생님이 어떤 그림을 보며 생각에 빠졌는지 보이지는 않았다. 미술 선생님 얼굴이 지나치게 무거웠기에 다들 말없이 지켜만 봤다. 미술 선생님은 두 손으로 그림을 잡고 탁탁 치고, 뒤섞더니 그림 뭉치를 거꾸로 뒤집어 놓았다.

"황지영! 너 일어나 봐."

황지영은 영문도 모르고 일어났다.

"너 물티슈로 입술 다시 닦아 봐."

미술 선생님이 물티슈를 내밀었다. 물티슈를 받아 든 황지영 얼굴이 일그러졌다. 그러나 곧 아무렇지 않은 얼굴로 돌아와서는 물티슈를 받고 입술을 닦았다. 입술을 몇 번 문지르더니 물티슈를 선생님께 내밀었다. 미술 선생님은 물티슈를 받아든 뒤 쫙 펴서 앞뒤로 살폈다. 물티슈에는 틴트가 묻어나지 않았다.

"네 소문은 많이 들었어. 선생님들도 널 어쩌지 못할 만큼 말발이 좋고, 배짱도 좋다 하더라."

미술 선생님이 물티슈를 오른손으로 들었다.

"그대로 있어 봐."

"왜요?"

황지영이 거칠게 대들었다.

미술 선생님은 황지영 뒷머리를 왼손으로 받치더니 오른손으로 황지영 입술을 닦았다. 황지영은 머리를 뒤로 빼려고 했지만 물티슈를 피하지는 못했다. 황지영 입술을 닦아낸 미술 선생님은 물티슈를 우리들에게 보여주었다. 그곳엔 틴트 자국이 뚜렷했다.

"선생님 눈앞에서 속임수를 써? 입술 사이에 혀를 살짝 내밀고, 턱 아래쪽을 닦는 손가락에만 힘을 주고 닦는 시늉을 하면 모를 줄 알았어? 아무리 봐도 틴트를 칠한 듯 한데 안 묻어나서 내가 곰곰이 널 봤어. 처음은 그렇다 쳐도 내가 다시 하라고 하면 속일 생각을 말아야지. 대놓고 속이다니, 아주 못된 애구나."

황지영 얼굴이 빨갛다 못해 검은 빛이 되었다.

"수업 끝. 주번은 미술실 깨끗이 치우고, 황지영은 나를 따라 와."

11시36분_3교시 쉬는 시간

　황지영이 미술 선생님을 따라 나간 뒤 애들도 우르르 몰려 나갔다. 계단을 내려오는데 3학년 교무실이 보였다. 교무실 창문 사이로 황지영이 고개를 푹 숙이고 미술 선생님께 꾸중을 듣는 모습이 보였다. 소리가 밖으로 들리지는 않았지만 얼마나 매섭게 몰아치는지는 두 사람 얼굴만 봐도 넉넉히 알 만했다. 황지영이 팔뚝으로 눈물을 훔쳤다.

　"헐, 황지영이 울어? 너도 봤지?"

　바로 옆에 가던 문가영이 깜짝 놀라며 말했다.

　"울 수도 있지."

　학생이 선생님께 꾸중 듣다가 우는 모습이야 흔하기에 아무렇지 않게 대꾸했다.

　"황지영 때문에 수많은 애들이 울었지만, 황지영이 울다니……. 쟤가 어떤 앤데……."

　문가영이 놀라는 모습을 보니 황지영이 어떤 애인지 알 만했다. 웬만한 잘못을 저질러도 다람쥐처럼 빠져 나가고, 선생님 앞에서 주눅 들지 않고 말발을 세우고, 여자애들이 다들 두려워하고, 남자애들도 무서워서 피하는 애, 한마디로 학교에서 그 누구도 어떻게 하지 못하는 여학생이 황지영이었다. 황지영과 울음은 데페이즈망이었다.

미술 수업을 끝마친 남학생들은 화장실도 가고, 복도에서 떠들기도 하고, 교실에 들어가기도 했다. 여학생들은 거의 다 여자 화장실 쪽으로 뛰어갔다. 손에는 화장 도구들이 가득했다. 나는 교실로 들어가려다 학교에 온 뒤에 화장실에 한 번도 들리지 않았다는 생각이 들어서 남자 화장실 쪽으로 발길을 돌렸다. 남자 화장실은 3학년 1반 쪽이었다. 3학년 9반에서 남자 화장실을 가려면 반대쪽 끝까지 가야 한다. 남자 화장실 쪽으로 가려면 다시 3학년 교무실을 지나쳐야 했다. 지나가면서 본 교무실은 조금 전과 똑같았다. 황지영은 훌쩍이며 가끔씩 눈물을 닦았고, 미술 선생님은 차가운 얼굴로 뭐라고 끊임없이 꾸짖었다.

남자 화장실로 들어갔다가 나오는데 6층으로 올라가는 계단에 선 신경수와 백승우가 보였다. 신경수와 백승우는 5층에서 6층으로 올라가는 계단이 꺾어지는 곳 가운데 있었다. 둘은 나란히 한쪽 벽을 보고 섰는데 낯빛이 어두웠다. 앞에 누가 있는 듯한데 보이지 않았다. 궁금해서 계단 쪽으로 가까이 다가가 고개를 삐죽 내밀고 보니 벽에 기대 선 박현규가 보였다. 박현규 앞에 선 신경수와 백승우는 고양이 앞에 선 쥐꼴이었다. 박현규가 낯선 눈길을 느꼈는지 계단 아래쪽을 봤고, 나와 눈이 마주쳤다.

"꺼져라!"

박현규가 거칠게 말했다.

예전 학교라면 내가 가서 무슨 일인지 다 알아내고, 짓밟아줬겠지만 아직 이 학교에서 나는 그럴 만한 힘을 얻지 못했다. 힘을 다 쥘 때까지는 저런 못된 꼴을 보더라도 그냥 둬야 한다. 그렇다고 박현규 같은 애에게 기죽지는 않는다. 겉으로만 거친 척하는 애들은 진짜 힘은 없다. 큰 힘이 나타나면 곧바로 꼬리를 내린다. 나는 오른손을 흔들고는 그 자리를 떴다.

교무실을 지나다 황지영 어깨를 감싸며 밖으로 나오는 미술 선생님과 마주쳤다. 나는 꾸벅 절을 했다. 미술 선생님은 내 절을 받더니, 황지영 어깨를 두드렸다. 황지영은 풀이 죽은 채 걸었다. 복도 끝 여자 화장실에서 나오던 여학생들은 미술 선생님 쪽을 보더니 화들짝 놀라며 재빨리 교실 안으로 뛰어 들어갔다. 교실은 여자애들이 미술 선생님을 흉보는 수다로 가득했다. 주영민은 그런 여자애들 틈에서 화장품 얘기를 하며 깔깔거렸다. 황지영은 책상에 얼굴을 파묻고 엎드렸다.

11시 45분_4교시 과학 수업

"야, 야, 야, 이 화장품 냄새 봐라. 문 좀 열어라. 어~ 너, 얼굴은 왜 이렇게 하얘?"

"안 발랐어요. 전 태어날 때부터 얼굴이 하얘서 어릴 때 백설공주라 고 불렸잖아요."

"헐, 백설공주가 아니라 뱃살공주겠지!"

"에이, 선생님!"

"야, 야, 화장 하더라도 좀 알맞게 해라. 많이 바른다고 예뻐지냐?"

과학 선생님은 들어오자마자 여자애들과 한참 우스갯소리를 주고받 으며 노닥거렸다. 과학 선생님은 아침에 교무실에서 나를 밝게 맞이했 던 그분이었다.

"야, 전학생! 너 이름이 뭐냐?"

"홍구산입니다."

"구산? 그런 이름은 처음 들어보네. 구산이란 이름에 담긴 뜻은 아냐?"

"아홉구(九) 메산(山), 아홉 산이란 말로, 아홉 산처럼 크고 든든하게 살라는 뜻입니다."

"큰 이름이네. 나는 안대수 선생님이다. 큰대(大)에 나무수(樹), 큰 나무야."

"이름 멋지시네요."

"멋진 이름이지. 참, 너 목에 박힌 쇠기둥은 어떻게 뺐냐?"

"네? 목에 박힌 쇠기둥이라니……."

"요즘 애들은 목에 쇠기둥을 박았는지 선생님 앞에서도 빳빳하거든. 그런데 너는 아주 절을 잘한단 말씀이야. 어떻게 하면 애들 목에 박힌 쇠기둥을 빼낼 수 있는지 알고 싶어서."

안대수 선생님은 웃음이 많았고, 끊임없이 애들을 웃겼다. 수학 수업과는 딴판이었다. 학생들은 수업 내내 환하게 웃으며 선생님 몸짓과 말에 따라 눈과 손이 움직였다. 신나고 즐거운 수업이었다. 과학을 좋아하지 않는 애들까지도 좋아하게 만들 만큼 재미난 수업이었다. 심지어 문가영조차 딴짓을 하지 않고 수업을 들었다.

즐겁고 밝게 나아가던 수업이 12시 10분쯤 갑자기 살 떨리는 기운에 휘말려들었는데, 바로 채예림과 허수민 때문이었다. 선생님이 '에너지 보존법칙'이 무엇인지 채예림에게 물었고, 채예림이 답을 했는데 허수민이 트집을 잡았다.

"방금 채예림 학생이 말한 답은 질량과 에너지가 같다는 말이 빠졌어요. 질량과 에너지는 뿌리가 같아서 질량보존법칙과 에너지보존법칙은 한 울타리 안에 묶어야 해요. 질량이 곧 에너지고, 에너지가 곧 질량이므로 이 둘을 하나로 묶어서 말하지 않으면 제대로 된 답이라고 아니라고 생각합니다.”

“물론 그렇지.”

과학 선생님이 허수민이 한 말을 받고 그대로 넘어가려고 하는데 이번엔 채예림이 되받아쳤다.

“선생님, 저희는 중3 과학을 배우고 있습니다. 저는 중3 과학에 나오지 않는 이야기는 뺐을 뿐이에요.”

“중3이라고 중3 과학 틀에서만 답하면 안 된다고 봅니다. 과학을 하는데 중3 과학 틀 따로 있고, 고1 과학 틀 따로 있다고 생각하지는 않습니다.”

“허수민 학생은 스타사이언스 모둠에서 배워서 다 알겠지만 다른 학생은 잘 모릅니다. 다른 학생들과 함께 하는 수업인데 스타사이언스에서 배운 지식을 잘난 척하려고 써먹으면 안 된다고 봅니다.”

채예림이 세게 나갔다. 웃는 얼굴로 어떻게든 부드럽게 넘어가려던 과학 선생님은 얼굴이 굳어지더니 말싸움을 벌이는 둘을 가만히 지켜보기만 했다. 과학 선생님은 안절부절못하더니 점점 낯빛이 어두워졌다.

“내가 언제 잘난 척하려고 했어? 어디서 배웠든 배웠으면 제대로 말해야지, 안 그래?”

안대수 선생님을 사이에 끼고 이루어지던 다툼이 대놓고 치고 박는 싸움으로 커졌다. 거친 말이 오고갔지만 아무도 둘을 말리지 않았다. 이런 다툼을 여러 번 본 듯이 아무렇지 않은 얼굴로 둘을 보았고, 다툼을 말리고 수업을 이끌어 가야 할 안대수 선생님은 지켜보기만 했다. 반장인 이진욱은 둘을 번갈아 보며 안절부절못했지만 끼어들지는 않았다.

'쟤네들 중1 때부터 저렇게 맞수였어. 다른 반일 때도 서로 사이가 안 좋았는데 같은 반에 붙여 놓았으니 저렇게 싸움이 나지'

문가영이 공책에 길게 썼다.

'허수민은 엄청 착해 보이던데?'

나도 글을 썼다.

'겉으로는 착하고 순해 보여도 속은 앙칼지고 모진 애야. 만만하게 보고 대들었다가 당한 애들이 한둘이 아니야. 둘 다 무섭고 못됐어'

내가 뭐라고 또 물어보려는데 갑자기 둘 사이에 벌어지던 다툼이 끝났다. 이긴 사람도 진 사람도 없었다. 잘못했다고 말한 사람도 없었다. 그냥 말이 툭 끊기더니 멈췄다. 그제서야 안대수 선생님 얼굴빛이 서서히 제자리를 찾았다. 안대수 선생님은 손을 휘휘 젓고, 교탁을 괜히 두어 번 두드리더니 수업을 이어 나갔다.

"너희들, 세상에서 가장 뜨거운 바다가 어딘지 알아?"

과학 선생님이 물었지만 아무도 답하지 않았다.

"열 바다야, 열 바다, 그러니 바다가 열을 많이 받으면 태풍이 불어. 태풍이 불면 열이 극지방으로 옮겨가고, 적도 지방에 넘치는 열이 식어. 자, 그만 열 식히고 수업 하자."

썰렁했지만 과학 선생님이 던진 우스개는 어두운 기운을 조금 바꿨다. 수업은 다시 이어졌고 밝고 즐거워졌다. 그러나 나는 처음처럼 즐겁지 않았다. 과학 선생님이 참 좋은 선생님이라고 여겼는데, 아니었다.

과학 선생님은 학생들을 휘어잡지 못했다. 휘어잡지는 못하더라도 제대로 이끌 줄은 알아야 하는데 그러지도 못했다. 그냥 웃기고 즐거운 선생님일 뿐이었다. 아무리 전교 1,2등이라도 선생님 앞에서 저렇게 대놓고 다툼을 벌이는 학생을 가만히 두어선 안 된다. 안대수 선생님은 선생님 노릇을 하지 않았다. 여자애들 화장을 모조리 잡아내서 화장을 지워버리는 서빛나 선생님이 그리 잘한다고 생각하진 않지만, 황지영처럼 속임수를 쓰는 애들을 따끔하게 혼내는 노릇은 선생님이라면 마땅히 해야 한다. 그런 점에서 서빛나 선생님은 선생님다운 선생님이었다. 반면에 안대수 선생님은 애들이 좋아하는 선생님이고, 수업도 재미있지만, 내가 생각하는 진짜 선생님은 아니었다.

수업은 매끄럽게 이어졌고 밝았다. 그러다 채예림과 허수민 다툼 못지않은 놀라운 모습을 보게 되었다. 바로 곽민기였다. 곽민기는 1교시 사회 시간에 채예림과 함께 앞에 나와서는 말도 제대로 못했던 애였다. 말할 내용을 적어서 나갔음에도 쓰여 있는 글조차 제대로 읽지 못했다. 그런데 과학 시간에 보여준 곽민기는 아주 다른 사람이었다.

과학 선생님이 아주 어려운 문제를 냈는데도 단숨에 풀었다. 그러고는 애들에게 어떻게 풀었는지 꼼꼼하게 말해주기까지 했다. 말소리가 그리 크지 않고 가끔씩 웅얼거려서 알아듣기 힘든 대목도 있었지만, 대체로 귀에 속속 들어왔다. 사회 시간에 봤던 곽민기와 같은 곽민기라고는 믿어지지 않았다.

"너 같은 애가 과학고를 가야 하는데, 네가 스타사이언스 모둠에도 들어오지 못하다니……. 우리나라는 과학자가 되려면 다른 과목도 다 잘해야 하니, 안타깝다 정말."

안대수 선생님 눈길에서도, 말에서도 곽민기를 안쓰럽게 여기는 마음이 묻어났다.

'스타사이언스가 뭐냐?'

나는 틈을 봐서 문가영에게 글을 써서 물었다.

'과학고 진학 특별반'

'몇 명?'

'열세 명'

'모두 우리 반이야?'

'우리 반에만 열 명'

'놀랍네!'

'별 볼일 없어 보이는 애들도 엄청 공부 잘해'

문가영 글을 보고 무언가 미심쩍었다. 도대체 왜 한 반에 이렇게 많은 애들을 다 몰아넣었을까? 나눠 두어야 더 좋지 않을까? 또다시 수수께끼였다.

곽민기 말이 끝나고 몇 분 뒤 수업이 마무리로 접어들었다. 그때 안대수 선생님이 이곳저곳을 뒤지더니 나에게 들릴 만큼 혀를 세게 찼다.

"아휴, 쯧쯧, 나 좀 봐. 머리를 어디 두고 다니나 봐. 아! 머리는 여기 붙어 있는데 왜 까먹었지. 아휴~, 야, 주번!"

나일현과 주현희가 일어났다.

"교무실 선생님 책상 알지? 거기 가면 내가 복사해놓은 종이 묶음이 있어. 빨리 가서 들고 와. 숙제로 나눠줘야 하니까. 알았지? 자, 빨리."

나일현과 주현희는 가기 싫은 듯 서로 눈치만 봤다.

"뭐하냐? 둘 다 가기 싫어? 그럼 빨리 뛰어갔다 올 수 있는 애가 가."

나일현은 한숨을 푹 내쉬더니 밖으로 나갔다.

과학 선생님은 이런저런 말을 늘어놓다가 뭐가 생각난 듯 곽민기를 불렀다.

"참, 곽민기! 너, 로봇 프로그램은 다 짰냐?"

"아직 다 못했어요!"

곽민기는 작지만 또렷하게 말했다.

"얼마만큼 됐는데?"

"거의 다 했는데, 계단을 오를 때 부드럽지 못해서 다시 하고 있어요."

"그래? 그럼 거의 다 됐네. 빨리 마무리해서 들고 와. 그래야 선생님이 봐 주지."

과학 선생님은 사람 좋은 웃음을 지으며 곽민기 머리를 쓰다듬었다. 그때 숨을 헐떡거리며 종이 한 뭉치를 들고 나일현이 뛰어 들어왔다.

12시40분_식당

"야, 홍구산! 같이 먹을래?"

이진욱이 식판을 들고 다가왔다.

"좋지."

받아들이지 않을 까닭이 없었다.

나는 이진욱 앞에 앉았다. 내 둘레에 많은 애들이 같이 앉았다. 우리 반 남학생이 나까지 모두 열여덟이었는데, 다섯을 빼고는 다 있었다. 박현규, 신경수, 백승우는 식당 구석에 뭉쳐 앉았고, 진상현은 다른 반 애들과 어울렸으며, 주영민은 여자애들 틈에 있었다.

"주영민은 여자애들과 정말 가깝네."

내가 말했다.

"쟤는 여잔지 남잔지 모르겠어."

"그래도 부럽잖아. 여자애들은 아무도 주영민을 싫어하지 않잖아. 저거 여자애들 사귀려고 저러는지도 몰라."

"에~, 그런 애가 3년 내내 연애도 못하냐?"

주영민을 둘러싼 이야기가 시끌벅적하게 오갔다.

"야, 여기 있지도 않은 주영민 얘기는 왜 하냐?"

이진욱이 말하자 다른 애들 모두 더는 주영민을 입에 올리지 않았다.

"여기 새로운 친구가 왔으니까, 반갑게 맞아줘야지."

이진욱이 그렇게 말하자 다들 나한테 말을 걸었다. 여기저기서 시끄럽게 말을 걸어오는 바람에 어지럽기까지 했다.

"너 여자 친구 있냐?"

내 오른쪽에 앉은 권태형이 말했다.

나는 고개를 끄덕였다.

"와! 여자 친구가 있단 말이야? 좋겠다."

권태형은 정말 부러운 낯빛이었다.

"쟤는 낮이나 밤이나 여자 생각인데, 연애는 한 번도 못했어. 놀랍지 않냐?"

내 왼쪽에 앉은 윤병인이 권태형을 가리키며 놀렸다.

"야, 윤병인 너 짜져 있어라!"

권태형이 윤병인을 째려봤다.

"너 옆에 앉은 애 예쁘지?"

권태형이 내 쪽으로 바짝 붙더니 속삭였다.

"문가영 말이니?"

"야, 야, 문가영이라니, 맨날 고개 처박고 뭔지 모를 글만 써대는 그런 꿀꿀한 애 말고, 너 왼쪽에 앉은 애 말이야."

"아, 한수연."

"넌 재주도 좋다. 그새 이름을 알았냐? 아무튼 걔 진짜 예쁘지?"

나는 한수연 얼굴을 떠올렸다. 화장을 안 해도 참 예쁜 얼굴이었다.

"예쁘긴 하더라."

"그치? 난 걔 보는 맛으로 살아."

권태형은 저 멀리 앉은 한수연 쪽을 봤다.

"야, 권태형! 좋아한다고 말도 못하면서……!"

윤병인이 아픈 곳을 찔렀는지 권태형은 빠르게 풀이 죽더니 말없이 밥을 먹었다.

"우리 반 여자애들 무섭지 않냐?"

조금 떨어진 곳에 앉은 나일현이 말했다.

"글쎄."

내가 시큰둥하게 대꾸했더니 애들이 이곳저곳에서 말을 쏟아냈다.

"오늘 애들 싸우는 모습 보고도 '글쎄'란 말이 나오냐?"

"하루 이틀도 아니고, 나는 무서워서 우리 반 여자애와는 사귀지 못하겠어."

"누가 사귀어 주긴 한다든?"

"진욱이가 여자애들 때문에 얼마나 힘든데!"

"맞아. 그래서 내가 반장 안 하려고 했잖아."

"웃기고 있네. 누가 너 뽑아 준다든."

밥 먹는 시간보다 수다를 떠는 시간이 더 길었다. 모두들 신나게 이야기를 하는데, 딱 한 사람 이진욱 옆에 바싹 붙어 앉은 곽민기는 한마디도 안했다. 가끔 이진욱이 곽민기 귀에 대고 뭐라고 속삭이면 이진욱 귀에 입을 바짝 대고 입술을 달싹이는데, 내 자리에선 무슨 말인지 들리지 않았다. 이야기를 나누다 틈을 봐서 내가 궁금한 점을 물었다.

"박현규는 어떤 애야?"

"너처럼 전학생이야."

권태형이 말했다.

"언제 전학 왔는데?"

"아마 3학년 되는 날 왔을 걸."

"신경수, 백승우랑 가까워 보이던데?"

"야, 야, 걔네들은 가까이 하지 마. 1학년 때부터 늘 나쁜 짓 저지르고 다니던 애들이니까. 박현규도 그렇고 그런 놈인지 오자마자 셋이 딱 붙어 다니더라. 나중에 알고 봤더니 박현규가 강제전학 당해서 우리 학교에 왔대."

그때 권태형 옆에 앉은 배영훈이 권태형을 툭툭 치며 턱으로 이진욱을 보라는 시늉을 했다. 권태형이 이진욱을 보더니 입을 다물었다. 여자애들 이야기를 할 때만 해도 밝았던 이진욱 낯빛이 몹시 어두웠다. 잠깐 동안 말이 끊기고 다들 밥만 먹었다.

"주완아, 네가 만든다는 게임은 잘 돼 가냐?"

이진욱이 낯빛을 바꾸며 현주완에게 물었다.

"거의 다 돼 가."

"저번에 네가 만든 그 게임도 진짜 재미있었는데."

"안 그래도 안대수 선생님이 조금 손봐주신대. 선생님 도움 받아서 고친 뒤에 Play스토어에 올려보려고."

　게임 이야기가 나오자 모두들 신나게 이야기에 끼어들었다. 남자들
끼리 모여 왁자지껄 떠들면서 먹은 점심은 더할 나위 없이 맛있었다.

13시10분_점심 휴식시간

남자 탈의실에서 체육복으로 갈아입었다. 탈의실은 널찍하고 깔끔했다. 부자 동네에 자리한 학교라 뭐가 달라도 달랐다. 예전 학교에서는 여학생들은 교실에서, 남학생들은 화장실에서 옷을 갈아입었다. 북새통인 화장실에서 옷을 갈아입다보면 더러운 바닥에 옷이 끌리기 일쑤여서 못마땅했다. 깔끔한 탈의실에서 옷을 갈아입으니 이 학교에 오기 참 잘했다는 생각이 들었다.

옷을 갈아입고 교실로 갔다. 교복을 사물함에 넣었다. 아직 자물쇠가 없어서 그냥 넣어 두었다. 다른 애들도 사물함에 교복을 넣고 자물쇠를 채우는 애들도 있고, 그냥 두고 가는 애도 있었다. 자물쇠 가운데 별나게 큰 자물쇠가 보여서 옆에 있던 권태형에게 물었다.

"이렇게 큰 자물쇠를 걸어둔 애가 누구냐? 누가 보면 다이아몬드라도 사물함에 넣어둔 줄 알겠다."

"아 그 사물함! 채예림이야. 걔는 뭐든 남들이 건드리지 못하게 해.

잘못 건드렸다간 된통 당하니까 쳐다보지도 마."

자물쇠 하나에서도 사람이 보인다. 채예림은 남을 믿지 못한다. 따뜻한 맛도 없다. 그런데도 채예림 둘레에는 꽤 많은 친구들이 있다. 채예림과 함께 다니는 애들은 어떤 점이 끌려서 같이 다니는지 모르겠다.

5교시가 체육수업이라 체육관으로 갔다. 계단을 내려와 중앙 현관을 거쳐 체육관으로 갈 때까지 CCTV 수십 대와 마주쳤다. CCTV가 정말 많았다. 예전에 다니던 학교에는 겨우 10대 밖에 없었다. 그래서 CCTV가 비치지 않는 곳이 많았고, 비춰봤자 누군지 알아보기도 어려운 저화질이어서 제 노릇을 하지도 못했다. 이 학교도 CCTV가 많기는 하지만 저화질이어서 딱히 감시당한다는 느낌이 들지는 않았을지 모른다. 그러나 앞으로 CCTV가 모조리 고화질로 바뀌면 다르다. 고화질 CCTV가 학교 구석구석을 비추면 학생들끼리 벌어지는 일뿐 아니라, 얼굴빛이나 작은 몸짓까지 모조리 읽어낼 수 있다. 그렇게 되면 학생들이 교실 밖에서 누리는 자유는 사라진다. 빈틈없는 감시망에 놓이게 된다. 갑자기 써늘한 기운이 등골을 타고 흘렀다.

체육관은 제법 컸다. 남자애들 몇몇은 농구를 하고, 여자애들은 끼리끼리 모여서 이야기를 나누었다. 나는 남자애들 틈에 끼어 같이 농구를 했다. 나는 제법 농구를 잘하기 때문에 애들이 내가 끼어들자 좋아했다. 한참 농구를 하는데 이진욱이 내 팔을 붙잡았다.

"주머니에 스마트폰 넣고 체육하면 안 돼."

"아침에 내지 않아서 그런 거야. 여자애들 몇몇은 내지 않던데?"

이진욱이 혀로 입술을 훔쳤다.

"걔네들은 내 말을 거의 안 들어. 아무튼 체육시간에 스마트폰을 주머니에 넣고 있다가 체육 선생님께 걸리면 엄청 혼나. 그러니까 교실에 두고 와. 체육 선생님이 옛날 군대 장교였어. 잘못 걸리면 신병훈련소처럼 돌리니까 찍히지 않게 잘해."

5층 교실까지 다녀오려면 귀찮아서 그냥 주머니에 넣고 있으려 했지만, '신병훈련소'란 말에 마음을 고쳐먹었다. 나는 교실로 뛰어 갔다. 체육 선생님이 없을 때 애들과 농구를 더 하며 놀고 싶었기 때문이다. 예전 학교에서 농구를 하려면 뙤약볕으로 나가야 했다. 나는 이런 체육관에서 정말 농구를 하고 싶었기 때문에 마음을 다그치며 뛰었다. 1층 중앙 현관에서 승강기를 타고 올라가면 좋지만, 학생들은 승강기를 못 쓴다. 5층까지 계단을 뛰어 올라갔다. 숨이 차올랐지만 아랑곳하지 않고 뛰었다. 5층 복도에 이르러서는 뜀박질을 멈추고 걸었다. 3학년 교무실에서 보면 계단이 바로 보였기 때문이다.

다른 반 애들이 복도에 많이 나와 있었는데 우리 반 앞에는 한 사람밖에 없었다. 채예림이었다. 채예림은 창문에 서서 교실 안을 보고 있었다. 잠깐 교실을 지켜보던 채예림은 체육복 주머니에서 휴대전화를 꺼냈다. 스마트폰이 아니고 2G폰이었다. 내가 선 자리가 제법 채예림과 가까웠기에 채예림 휴대전화기에서 나는 '찰칵' 소리가 똑똑히 들렸고, 휴대전화 겉에 붙인 사진도 보였다. 채예림은 여러 번 사진을 찍더니 휴대전화를 주머니에 넣었다.

그때 교실 뒷문이 왈칵 열리며 주현희가 뛰어나왔다.

"예림아, 지워줘."

주현희가 채예림 손을 잡고 말했다.

"내가 왜?"

"제발."

"됐거든."

"지워줘."

"손 놔."

"어떡하려고?"

"내 맘이지."

"야, 그러지 마."

"네가 잘못해놓고 왜 나한테 그래?"

"잘못했어."

"암튼 손 놔."

채예림은 손을 확 잡아 빼더니 빠른 걸음으로 가버렸다. 주현희는 어쩔줄 모르며 하염없이 채예림 등만 바라보았다.

나는 모른 척하며 얼른 교실로 들어가 사물함 속 내 교복 주머니에 휴대전화를 넣었다. 다시 나올 때까지 주현희는 그대로 있었다. 내가 주현희 옆을 지나치자, 그때서야 머리를 두 손으로 마구 헝클더니 주머니에서 열쇠를 꺼내 교실 문을 잠갔다. 내가 조금 앞서고 주현희가 살짝 뒤에 서서 걸었는데, 뒤에서 잇따라 깊은 한숨이 들려 왔다. 주현희가 교실 안에서 무언가 하지 말아야 할 짓을 했고, 채예림이 사진을 찍었다. 도대체 주현희는 교실 안에서 무엇을 했을까?

13시35분_5교시 체육관

체육시간에는 애들끼리 모둠을 나누어 농구 시합을 했다. 수행평가 성적에 들어간다고 해서 애들이 피터지게 겨루었다. 그런데 채예림이 채예림답지 않았다. 이제까지 본 채예림이라면 수행평가가 달린 농구 시합에서 꼭 이기려고 엄청나게 달려들어야 할 텐데, 전혀 그렇지 않았다. 채예림은 공격은 안 하고 제 편 골대 근처에 가만히 있으면서 지키기만 했다. 여학생들은 한 모둠 당 여섯이었는데, 채예림이 속한 모둠은 다섯 명이 공격을 했다. 여학생들은 농구를 못하기 때문에 한 명이 적다고 해서 크게 한쪽으로 기울지는 않았지만, 한 명 적은 탓인지 채예림 모둠 쪽이 제대로 공격을 하지 못했다. 그럼에도 채예림은 뛰지 않고 제자리에서 살살 움직이기만 했다. 무릎이나 발목이 안 좋은가 싶어서 자세히 봤지만 그런 낌새는 보이지 않았다.

그에 반해 허수민은 엄청나게 뛰어다녔다. 공부도 잘하는데 운동도 잘했다. 큰 키에 긴 손이 농구에서 얼마나 큰 힘이 되는지 허수민은 제대로 보여주었다. 허수민이 없었다면 겨루기가 팽팽했겠지만, 허수민 때문에 채예림 모둠이 밀렸다. 허수민을 막으려다 보니 다른 쪽이 자꾸 뚫렸고, 튄 공도 허수민이 거의 다 잡아냈다. 공격을 막을 때도 허수민은 가운데 딱 서서 공격을 잘 막아냈다.

나는 옆에 앉은 권태형에게 물었다.

"채예림답지 않게 왜 저렇게 얌전하냐?"

"나도 몰라. 쟤는 다른 때는 이기려고 미치게 달려드는데 꼭 체육시간만 되면 몸을 사려. 1학년 때부터 그랬어. 채예림과 같은 초등학교 다니던 애들 말로는 초등학교 때도 그랬대. 제 몸 다칠까 봐 걱정한다는 소문도 있고, 운동 잘 못하니까 못하는 티 안 내려고 일부러 안 한다는 소문도 있어. 진짜 왜 그런지는 아무도 몰라."

"선생님들은 뭐라고 안 해?"

"선생님들은 아무 소리 안 해. 그리고 쟤가 전교 1등이잖아."

권태형 말을 들으니 조금은 알 듯했다. 내가 보기엔 둘 다 그럴 듯한 말이었다. 채예림은 어릴 때 운동을 하다 크게 다쳤을지 모른다. 어릴 때 크게 다쳤다면 운동이 두려워지고, 두려움이 몸을 사리게 만든다. 운동을 못해서 안 하는지도 모른다. 채예림 같은 애는 이기지 않으면 못 배긴다. 뭐든 이겨야 하는 사람은 이길 수 없는 일이 닥치면 아예 안 해버린다. 안 하면 지지도 않는다. '하기만 하면 내가 너희를 이기지만 안 해서 졌을 뿐이야' 하고 스스로를 다독인다.

남자들끼리 하는 농구는 정말 재미있었다. 처음에는 애들 가운데 누가 농구를 잘하고 누가 잘 못하는지 몰라서 헤맸지만, 다 알아낸 뒤에는 못하는 애들 쪽을 마음껏 휘젓고 다녔다. 나와 엇비슷하게 농구를 하는 애들은 넷 밖에 없었다. 그 밖에 애들은 가벼운 속임 몸짓에도 모조리 무너졌다. 내 덕분에 우리 모둠이 이겼다. 애들이 나를 둘러싸고 미친 듯이 좋아했다. 지켜보는 모둠에 속했던 이진욱은 나한테 와서 엄지를 치켜세웠다. 반대편 애들만 풀이 죽은 얼굴이었다.

다시 여자애들 시합이 열렸다. 이번엔 문가영이 채예림처럼 움직였다. 그나마 채예림은 지키기라도 했지만 문가영은 말 그대로 구경꾼이었다. 제 모둠이 공격을 하든, 수비를 하든 그냥 눈으로 공을 쫓기만 했다. 다른 애들도, 선생님도 그런 문가영에게 아무런 말도 하시 않고 눈길조차 주지 않았다.

마지막으로 남자 모둠끼리 시합이 열렸다. 나는 우리 모둠과 함께 구경했다. 이진욱과 윤병인은 농구를 정말 잘했다. 여자애들은 경기는 보지 않고 저희들끼리 작은 소리로 수다를 떨었다. 나는 다음에 맞설 이진욱 모둠 애들을 알려고 꼼꼼하게 살폈다. 나와 같은 모둠에 속한 주영민이 내 옆에 있었는데, 어쩐 일인지 여자애들 수다에 끼지 않고 경기만 봤다.

"야, 이진욱 정말 멋지지 않냐? 쟤는 공부도 잘하는데 못하는 운동도 없어."

"와 저렇게 빨라! 멋지다!"

"슛, 골인, 골인이야. 골인!"

주영민은 혼자 들떠서 잇따라 이진욱을 추어올렸다. 마치 농구 선수 팬클럽처럼 보였다. 주영민은 이진욱이 하는 몸짓 하나하나에 박수를 보냈다. 몇몇 애들도 이진욱을 응원했는데, 주영민은 그런 애들 가운데서도 남달랐다.

경기는 이진욱이 속한 모둠이 2점 차이로 아슬아슬하게 이겼다. 다음에 경기할 때 이진욱이 속한 모둠을 꼭 이기고 싶었다. 그나저나 이진욱 팬클럽인 주영민이 우리 편이라니, 벌써부터 걱정이었다.

"야, 주영민! 너 이진욱이랑 농구할 때 일부러 져주는 짓은 안 하겠지?"

수업이 끝나자 나는 주영민을 일부러 다그쳤다.

"무슨 소리야. 시합은 시합이지."

주영민이 코맹맹이 소리로 대꾸했다.

14시25분_6교시 국어 수업

    김경아 선생님이 들어오자 커피 내음이 진하게 퍼졌다. 문득 옛날 커피 때문에 겪었던 일이 떠올라 넌더리가 났다. 끔찍한 일을 겪었음에도 나도 모르게 커피 내음에 이끌리는 나를 보고 화들짝 놀랐다. 김경아 선생님은 왼손엔 큰 가방을, 오른손엔 텀블러를 들고 커피를 마시면서 들어왔다. 텀블러를 교탁에 올려놓은 뒤 가방에서 주섬주섬 여러 가지를 꺼냈는데, 거기서도 또 다른 텀블러가 나왔다. 김경아 선생님은 교탁 한 가운데에 텀블러 두 개를 놓고는 교실을 쭉 살폈다. 그리고는 커피를 한 모금 마셨다.

    "다음 주에 그동안 해왔던 연구 과제를 모둠 별로 발표할 거야. 오늘은 미리 말했듯이 진짜 발표하기에 앞서 모자란 점이 없는지 살펴볼게. 발표를 듣고 모자란 점을 짚어주거나 잘한 점을 이야기해주고 싶다면 그렇게 해 줘. 다음 주 발표는 수행평가에 들어가고, 잘한 모둠은 선생님이 도와서 연구 논문으로 만든 뒤에 학교 공식 논문집에 실어줄 테니까, 마지막까지 잘 만들어 봐."

김경아 선생님은 텀블러 하나를 들고는 TV 쪽으로 가서 의자에 앉았다.

"1조부터 나와서 해 봐."

허수민, 황지영, 문가영, 주영민, 류혁재, 윤병인이 칠판 앞에 한 줄로 섰다.

"저희가 잡은 연구 과제는 '1960년대 이후 단편소설에 나타난 산업화와 인간소외'입니다."

허수민이 첫 말을 뗀 뒤 각자 맡은 대목을 이야기했다. 중학생들이 한 과제라고 믿지 않을 만큼 짜임과 내용이 모두 뛰어났다. 그러나 채예림은 그냥 넘어가지 않았다.

"방금 1조가 다룬 문학작품 가운데 '서울 1964년 겨울'에서 개미가 지닌 뜻을 깊이 다루지 않았고, '타인의 방'에서 마지막 대목에 나오는 물건에 담긴 뜻도 인간소외에 맞춰 잘 풀어내지 못했습니다. '개미'와 '물건'은 두 소설에서 제일 중요한 알맹이 소재인데, 그 대목을 제대로 짚지 못했다면 연구가 제대로 되었다고 할 수 없습니다."

나도 모르게 입이 벌어졌다. 성깔 있고, 됨됨이가 부드럽지 못해서 그렇지 채예림이 얼마나 똑똑한지 뚜렷이 보여주는 말이었다. 내가 듣기엔 그저 놀랍기만 한 발표였는데, 듣자마자 모자란 점을 짚어내는 채예림은 그 됨됨이를 떠나 재주 하나 만큼은 엄지를 들어줘야 할 학생이었다.

"저희가 다룬 과제는 단편소설에 나타난 산업화와 인간소외가 알맹이인데, 개미와 물건에 담긴 뜻까지 굳이 다 풀어내야 할까요? 우리 과제는 '서울 1964년 겨울'과 '타인의 방' 풀이가 아닙니다. 그러니 방금 채예림 학생이 짚은 점은 알맞지 않다고 생각합니다."

허수민이 채예림에게 맞받아쳤다. 또다시 다툼이었다.

"그냥 산업화와 인간소외를 다루었다면 그 말이 맞겠지만, 단편소설에 나타난 산업화와 인간소외를 다루는 것이 과제입니다. 그렇기 때문에 문학 속에서 알맹이로 쓰인 소재에 담긴 뜻을 제대로 다루지 않았다면, 과제가 넉넉히 되었다고 보기 어렵습니다."

채예림은 물러나지 않고 물고 늘어졌다.

"트집입니다. 저희가 다섯 작품이나 다뤘는데 그 두 작품만 꼬집어서 그렇게 이야기하는 숨은 뜻이 뭡니까? 소설에서 어떤 대목을 다룰지는 저희 몫 아닌가요?"

황지영이 비꼬는 말투로 쏘아붙였다.

"도움을 주려고 말했는데, 그런 식으로 받아들이면 안 되죠."

채예림도 지지 않고 맞받아쳤다.

거기서 말이 끊겼다. 그러고는 잠깐 동안 아무도 말을 꺼내지 않았다. 중학교 3학년 교실에 어울리지 않게 아무 소리도 나지 않았다. 아무리 다툼이 거듭되고 애들도 거기에 길들여졌다고 해도, 다툼을 아무렇지 않게 바라볼 애들은 흔치 않다. 무슨 일이 있어도 아무렇지 않게 있던 문가영조차 얼굴빛이 바뀔 만큼 무거운 기운이 교실을 짓눌렀다.

"이야기 다 끝났니?"

선생님이 낮은 목소리 말했다. 선생님 목소리는 처음과 그대로였다.

얼굴빛도 바뀌지 않았다. 안대수 선생님은 채예림과 허수민이 다툴 때 어쩔 줄 몰라 하며 얼굴빛이 어두워졌는데, 김경아 선생님은 낯빛 하나 바뀌지 않았다.

2조가 앞으로 나왔다. 채예림, 연지아, 한수연, 곽민기, 나일현, 권태형이었다. 또다시 곽민기와 나일현이 채예림과 같은 모둠이었다. 채예림이 사회 수업 끝나고 곽민기와 나일현을 몰아붙이던 모습이 떠올랐다. 곽민기와 나일현이 이번에는 제대로 할지 나도 모르게 걱정이 되었다.

"저희가 잡은 연구 과제는 '전후소설 속 전쟁과 가족애'입니다."

채예림이 먼저 말할 줄 알았더니 권태형이 첫 말을 끊었다. 권태형은 말놀이까지 하면서 애들을 웃겼다. 권태형 덕분에 교실에 웃음꽃이 피었다. 뒤를 이은 다른 애들도 꽤 잘했다. 걱정했던 곽민기는 손에 든 종이를 보고 그냥 읽었고, 나일현은 사회 수업 때와 다르게 아주 말을 잘했다. 끝 대목을 채예림이 맡았는데 더할 나위 없이 멋진 마무리였다. 아무리 봐도 채예림은 정말 똑똑하고 뛰어났다.

"방금 2조가 다룬 문학작품 가운데 '장마'에서 '구렁이'가 지닌 뜻을 깊이 다루지 않고, '오발탄'에서 철호가 뽑은 '이'에 담긴 뜻을 꼼꼼하게 풀어야 하는데 그러지 못했습니다. '구렁이'와 '이'는 두 소설에서 알맹이가 되는 소재인데, 그 대목을 제대로 짚지 못했다면 연구가 제대로 되었다고 할 수 없습니다."

허수민이었다. 허수민은 채예림이 했던 말 틀을 그대로 빌어서 채예림 모둠에게 되돌려 주었다. 나도 모르게 손에 땀이 났다.

"저는 도움을 주고자 모자란 점을 알려주었는데, 제 말 흉내나 내고 참 안타깝네요."

채예림이 빈정거렸다. 듣는 사람이 몹시 언짢아할 말투였다.

"우리는 '구렁이'가 지닌 뜻을 뚜렷하게 밝혔습니다. 다만 무속에 관한 이야기를 다루지 않아서 모자란다고 여기는 모양인데, 여기서 무속을 굳이 다룰 까닭은 없다고 봅니다. 철호가 뽑은 '이'도 마찬가집니다. 철호네 가족이 겪은 아픔을 넉넉히 다루었으므로, 굳이 철호가 뽑은 '이'에 담긴 뜻까지 꼼꼼하게 다룰 까닭은 없다고 봅니다."

채예림은 물이 흐르는 듯한 말솜씨로 허수민 말을 밀어내 버렸다.

"무속은 곧 전통이고, 전통은 분단과 전쟁으로 인한 아픔을 낳게 하는 알맹이입니다. 그런데 무속을 다루지 않아도 된다니, '장마'를 제대로 읽기는 했는지 모르겠네요."

황지영이었다. 칼을 품은 말이었다.

황지영 말을 들은 채예림이 발끈했다.

"모자란 점을 알려줘야지 틴트 바른 입술로 그렇게 사람을 대놓고 치면 되나요?"

채예림이 대놓고 황지영을 건드렸다. 황지영이 벌떡 일어났다.

"앉아."

김경아 선생님이었다. 소리는 낮았지만 힘이 실렸다.

황지영은 김경아 선생님 쪽을 한 번 보더니 씩씩거리며 앉았다.

"2조 들어가."

2조가 자리로 들어갔다. 김경아 선생님은 머리가 아픈지 왼손으로 이마를 지그시 눌렀다.

"반장, 내 책상에서 두통약 약 좀 가져올래?"

"선생님. 저희 모둠이 다음 차례입니다."

이진욱이 말했다.

"주번이 누구지?"

주현희와 나일현이 손을 들었다.

"누가 가서 두통약 좀 가져와라."

나일현과 주현희가 서로 마주 보았다. 나일현이 입을 벙긋거렸다. 과학 시간에 내가 다녀왔으니 이번에는 네가 가라는 뜻으로 보였다. 주현희가 일어났다.

"선생님 책상 왼쪽 셋째 서랍에 보면 두통약 있어. 두 알만 가져와."

주현희가 심부름을 가자 이진욱 모둠이 앞으로 나갔다. 이진욱 모둠은 깔끔하게 발표를 마쳤다. 사회 수업 때와 마찬가지였다. 끝난 뒤에는 아무도 묻거나 따지지 않았다. 그때 주현희가 두통약을 들고 들어왔다. 선생님은 들고 있던 텀블러를 흔들더니 자리에서 일어났다. 텀블러에 든 커피가 떨어진 모양이었다. 선생님은 교탁 위에 둔 텀블러와 손에 든 텀블러를 바꿔 들었다. 주현희는 교탁 쪽으로 가서 선생님께 두통약을 드렸다. 두통약을 받아든 선생님은 다시 자리에 앉더니 두 알을 입에 넣고, 텀블러 뚜껑을 열고, 커피를 마셨다.

4, 5조 발표가 끝나고 6조가 한참 발표를 하는데 수업 끝을 알리는 소리가 들렸다. 종소리에 맞춰 선생님이 자리에서 일어났고, 6조는 발표를 멈추고 자리로 돌아갔다.

"월요일에 1,2조, 화요일에 3,4조, 수요일에 5,6조야. 어느 쪽으로 치우치지 않고 고르게 점수를 매기려고 다른 선생님도 한 분 들어오시기로 했으니까 모자란 점 잘 메꾸도록 해."

선생님은 텀블러 두 개를 가방에 챙겨 넣었다.

"홍구산! 넌 7교시에 할 동아리 없으니까 선생님 따라 와."

그때 앞문이 열리면서 안대수 과학 선생님이 들어왔다. 안대수 선생님 뒤로 처음 보는 남학생 셋이 따라 들어왔다. 안대수 선생님과 남학생 셋이 들어오자 때를 맞춘 듯 애들이 책과 공책을 챙긴 뒤 일어났다. 나는 빈 몸으로 김경아 선생님 뒤를 따랐고, 다른 애들은 복도로 나온 뒤 제 갈 곳으로 뿔뿔이 흩어졌다. 창문으로 교실 안을 보니 교실 안에 열세 명이 있었다. 여학생 다섯, 남학생 여덟이었다. 여학생은 전교1,2등을 다투는 채예림과 허수민, 여학생 중 짱이라는 황지영, 오늘 당번인 주현희, 그리고 내 짝꿍인 문가영이 남았다. 남학생은 반장인 이진욱, 채예림에게 깨졌던 나일현, 게임을 잘 만든다는 현주완, 온통 여자 생각만 하지만 연애는 못해봤다는 권태형, 여자들과 잘 어울리는 주영민, 그리고 다른 반 남학생 셋이었다.

15시 20분_교무실

교무실로 따라갔는데 김경아 선생님은 나를 교무실 구석에 앉혀두고는 사라졌다. 교무실에서는 두 사람이 교무실 안쪽에 CCTV를 새롭게 달고 있었다. 교실에 CCTV를 단다고 하면 학생들이 모두 들고 일어날 텐데, 교무실 안에 다는 CCTV를 선생님들이 그대로 받아들이다니, 믿기지 않았다. 교무실 곳곳을 살피다가 지루해져서 살포시 눈을 감고 생각이 제멋대로 흐르도록 두었더니, 아침부터 이제까지 있던 일들이 줄줄이 떠올랐다. 10여분 뒤, 선생님이 들어오더니 종이 몇 장을 내미셨다.

"동아리와 방과후수업 안내서야. 동아리와 방과후수업은 꼭 해야 하니까 안내서 잘 읽어 보고 골라."

동아리와 방과후수업이 정말 많았다. 이렇게 많은 활동과 수업을 학교 안에서 하다니 놀라웠다. 예전의 학교와는 결이 달랐다. 안내서를 준 뒤에 김경아 선생님은 다시 사라졌다. 안내서를 받아든 나는 스타사이언스가 있는지부터 찾았다. 스타사이언스는 안내서 어디에도 없었다. 다만 과학특별활동반이 있었는데, 과학 실험과 연구를 하는 반으로 성적이 으뜸에 속하는 학생들로 이루어진다는 글로 볼 때 과학특별활동반이 스타사이언스인 듯했다. 성적이 으뜸인 학생들만 모아서 과학특별활동반을 꾸린 까닭은 과학고 때문이었다. 과학특별활동반뿐 아니라 신문, 문학, 철학, 영어, 법 등 보통 중학교에서는 찾아보기도 힘든 수많은 동아리와 특별수업반이 있었다. 나는 동아리는 시사와 법을 골랐고, 방과후수업은 생물과 화학을 골랐다.

선생님이 시키신 일을 다 했지만 신생님은 오지 않았다. 또다시 가만히 기다렸다. 어느새 CCTV를 다 바꿔 달았는지 일을 하시는 분들도 보이지 않았다. 교무실 구석에 달린 CCTV 네 대를 보며 이런저런 생각을 하는데 김경아 선생님이 나타났다.

"다 했니?"

"네. 여기 있습니다."

나는 일어나면서 종이를 내밀었다.

"너 가 봤자 있을 곳도 없어. 우리 반에서는 지금 스타사이언스 수업 중이니까 잠깐 더 있다가 가렴."

김경아 선생님은 손에 든 커피를 내려놓았다. 도대체 하루에 커피를 몇 잔이나 마실까?

"하루 보내 보니 우리 반 어때?"

김경아 선생님이 메마른 목소리로 물었다.

"애들이 재미있고 좋았어요. 잘 대해주고."

나는 활짝 웃으며 말했다.

"그런 뻔한 얘기 말고. 너도 겪었을 텐데……."

"조금 심한 애들도 있지만, 다른 학교에도 그런 애들은 많습니다. 제가 예전에 다니던 학교에도 엇비슷한 애들이 많았거든요."

"그래? 그나저나 너 말투, 일부러 그러는 거니? 타고난 말버릇이니?"

"어른과 선생님들께 높임말 써야 한다고 어머니께서 어릴 때부터 늘 가르쳐서 입에 붙었습니다."

"좋은 엄마구나."

김경아 선생님은 잠깐 컴퓨터를 보며 마우스를 몇 번 눌렀다. 컴퓨터 화면에 내 이름이 떴다가 사라졌다.

"아는지 모르겠지만 우리 반은 특별반이야. 우리 반에만 과학고를 가려는 애들이 열 명이야. 학교에서 일부러 공부 잘하는 애들 가운데 과학고를 가려는 애들을 추려서 모았어."

"압니다. 안대수 선생님이 스타사이언스 수업을 따로 해주신대요."

"애들에게 공부 도움을 많이 받으면 좋겠지만, 애들이 잘 도와주지 않을 거야. 공부 잘하는 애들은 엄청 잘하는데 못하는 애들도 꽤 많아. 그래도 시끄럽게 굴거나 말썽쟁이는 없어."

문득 진상현 얼굴이 떠올랐다. 진상현이 어떤지 선생님도 아는지 궁금했다.

"말썽쟁이가 없지는 않았습니다."

"진상현 말하나 본데, 그쯤은 말썽쟁이 축에도 안 끼어. 안 그래도 진상현을 혼내줬다는 말은 들었어."

"자꾸 뒤에서 건드려서 몇 마디 해줬을 뿐입니다."

"몇 마디? 겨우 몇 마디 했는데 진상현이 여자애들에게 거는 장난이 뚝 끊겼어? 그 몇 마디가 뭔지 참 궁금하구나."

뜻밖이었다. 김경아 선생님은 교실 안에서 벌어진 일에 마음이 없어 보였고, 얼굴도 늘 어두워서 담임 노릇을 귀찮게 여긴다고 생각했기 때문이다. 그나저나 선생님께 나와 진상현 사이에 벌어진 일을 알려준 애가 누구일지 궁금했다. 선생님이 나와 진상현 사이에 벌어진 일을 안다면 그밖에 교실에서 벌어진 일도 꽤 많이 안다고 봐야 한다.

"그런 애들은 빈틈이 많아서 제대로 빈틈을 찌르면 꼼짝 못합니다."

"너, 재밌는 애구나!"

만난 뒤로 처음으로 선생님 얼굴에 밝은 기운이 돌았다.

"너도 알겠지만 우리 학교는 과학고뿐 아니라 다른 특목고나 자사고에 학생들을 엄청 많이 보내. 너도 특목고에 가겠다면 나에게 미리 말해."

"아직은 그런 생각은 해보지 않았습니다."

"생각이 들면 말하렴. 내가 이 반을 몇 년째 맡은 까닭이 다 있어. 나만큼 과학고 가는 데 큰 도움을 주는 선생도 없으니까, 도움을 받고 싶으면 미리 말해. 알았니?"

"네. 그렇게 말씀해 주셔서 고맙습니다."

"네 말투, 아무리 봐도 요즘 애들 같지 않아."

선생님은 나를 뚫어지게 봤다. 입술에 붉은 빛이 돌지 않았다.

"시간이…… 벌써 이렇게 됐네. 교실에 가서 반장 오라고 해 줄래?"

16시 15분_교실

이진욱이 교무실로 간 사이 애들은 가방을 싸면서 기다렸다. 사물함에 이것저것 집어넣는 애들도 있었다. 나는 아직 자물쇠가 없었기 때문에 아무것도 넣지 않았다. 문가영은 하루 내내 끄적거리던 공책과 볼펜하나만 챙기고 나머지는 몽땅 사물함에 집어넣었고, 자물쇠도 채우지 않았다. 문가영처럼 자물쇠를 채우지 않은 사물함이 꽤 있었다. 자리에앉은 문가영은 앉자마자 또다시 무언가를 끄적거렸다. 내가 쭉 지켜본바에 따르면, 손끝에서 흘러나오는 글은 마구잡이였다. 소설 같은 이야기를 쓰기도 하고, 뜻 없는 낱말들이 끝없이 이어지기도 하고, 교실에서 벌어지는 일들을 그대로 옮겨 쓰기도 했다. 저렇게 쓰면 하루 안에노트 한 권 쯤은 가뿐히 채우지 않을까 싶었다.

나는 문가영 손끝에서 나오는 글을 가만히 지켜봤다.

안대수 선생은 정말 재주가 뛰어난데, 수업은 정말 재미있게 하는

데, 스타사이언스 수업도 어쩌면 그렇게 멋들어지게 하는지, 중학교 선생님으로 있기엔 아까울 만큼 뛰어난데, 웃기는 말도 잘하고, 애들을 친구처럼 잘 대해주는데, 지나치게 착해서, 어휴, 애들한테 이리 휘둘리고 저리 휘둘리고, 안쓰럽다. 쯧쯧. 왜 저럴까, 그냥 확 휘어잡으면 될 텐데, 뭐가 그렇게 눈치가 보여서 저따위 애들한테 마구 휘둘릴까, 스타사이언스 애들은 선생님 재주만 벗겨먹고, 고마워할 줄도 모르고, 선생님 덕분에 과학고에 갈 수 있게 될 거면서, 못됐다. 에이, 확 그냥, 슉, 슉, 슉, 빵, 빵,

문가영은 연필을 '탁!' 소리가 나게 내려놓더니 엎드렸다. 긴 머리가 목과 얼굴을 모두 가렸다. 머리카락이 푸석푸석했다. 어떻게 저런 애가 과학고에 가려고 만든 특별활동반에 들어갔을까? 스타사이언스에 속할 만큼 똑똑한 애가, 왜 저렇게 하루 내내 공부는 하지 않고 공책에 끄적거리기만 할까? 내가 풀고 싶은 수많은 수수께끼 가운데 가장 으뜸은 문가영이었다.

이진욱이 들어왔다. 이진욱은 교탁 앞에 서더니 선생님께 받은 가정통신문을 두 장씩 나누어주었다. 그러고는 휴대전화 보관함을 열고 플라스틱 상자를 꺼낸 뒤 애들에게 스마트폰을 돌려줬다. 애들이 우르르 달려 나와 헤어졌던 스마트폰과 다시 만났다.

"가정통신문 잘 읽고 다음 주 월요일에 학교에 올 때 꼭 써서 와. 알았지? 알아들었으면 이제 집에 가도 돼. 그리고 주번, 나한테 교실 열쇠 줘."

주현희가 열쇠를 이진욱에게 넘겼다. 열쇠를 받아 든 이진욱은 제자리로 가서 가방을 쌌다. 그때 채예림이 일어나서 소리쳤다.`

"국어 우리 모둠 이쪽으로 와."

이에 질세라 황지영도 소리를 질렀다.

"우리 모둠도 모여!"

2조인 연지아, 한수연, 곽민기, 나일현, 권태형은 채예림 책상 둘레로 모였고, 1조인 허수민, 문가영, 주영민, 류혁재, 윤병인은 황지영 자리 둘레로 모였다. 이진욱이 가방을 메고 교탁 앞으로 가더니 말했다.

"아까 정한대로 2조는 교실을 쓰고, 1조는 6층 물리지구과학실험실을 써. 안대수 선생님께 말씀드렸으니까 올라가면 돼. 너희도 알듯이 안대수 선생님은 로봇전자공학실험실에 계실 테니까 끝나고 나면 선생님께 말씀드리고 열쇠 돌려드려."

이진욱은 열쇠를 채예림에게 건넸다.

"모임 끝나면 네가 교무실에 돌려줘. 여섯시까지는 내가 도서관에 있을 테니까 6시 전에 모둠이 끝나면 나한테 주고 가도 돼."

나는 이진욱이 나가는 때에 맞춰 교실 문을 나섰다. 2조는 교실 한가운데 동그랗게 모이려고 책상을 옮겼다. 1조는 무리를 지어서 교실 문을 나가서 오른쪽으로 간 뒤 여자 화장실 옆에 있는 계단을 타고 6층으로 올라갔다. 이진욱과 나는 교실 문을 나온 뒤 왼쪽으로 꺾은 뒤 가운데 계단을 타고 아래층으로 내려갔다. 이진욱은 학교 도서관에 간다며 지하로 갔고, 나는 1층에서 중앙 현관으로 나왔다. 중앙 현관 앞에는 조끼를 입은 아저씨들이 트럭에서 짐을 내리고 있었다.

16시 35분_학교 밖

학교를 나서기 무섭게 전화가 울렸다. 슬비였다.

"첫날 어땠어? 나 보고 싶지 않았어? 애들은 어때?"

슬비는 내가 전화를 받자마자 물음을 쏟아냈다.

"괜찮았어. 재밌고. 너 엄청 보고 싶었지! 공부 잘하는 애들이 무지 많아."

슬비가 배시시 웃었다.

"히히, 나도 보고 싶었어. 학교 앞으로 차 보냈는데, 보이니?"

교문 바로 옆 빈터에 검은빛 차와 낯익은 아저씨가 보였다.

"어, 보여. 저기 빈터에 있네."

"빨리 타고 우리 집으로 와."

"엄마한테 먼저 가봐야 하는데…, 첫날이라 엄마도 궁금해 하셔서."

"아이 참, 알았어. 그럼 엄마한테 들렀다가 빨리 와! 알았지? 보고 싶어."

"그래, 나도 보고 싶어."

"참, 저녁 먹지 마. 오늘 너희 이모 만나서 저녁 먹기로 했으니까, 알았지?"

"배고파도 꾹 참을게."

"그럼 있다 봐!"

"그래."

전화를 끊고, 빈터 쪽으로 갔다. 아저씨가 나를 보더니 고개를 꾸벅 숙이고 절을 했다. 나도 같이 절을 했다. 나는 운전석 옆에 탔다.

"저희 어머니 새 가게로 가 주세요."

검은 차는 부드럽게 빈터를 나와 학교 정문 쪽으로 난 길을 달렸다. 정문 앞에 있는 신호등이 빨간 불이어서 잠깐 멈췄다. 학교 쪽으로 눈을 돌렸다. 운동장 구석에 꼭 붙어 앉은 뚱뚱이와 홀쭉이가 나란히 앉아 이야기를 나누면서 중앙 현관 쪽을 힐끗힐끗 잇따라 살폈다. 전학 온 첫날, 처음과 끝을 뚱뚱이 신경수와 홀쭉이 백승우가 내 눈을 채웠다. 신호등이 바뀌자 검은 차는 다시 달렸고, 오른쪽으로 돌아 큰길로 들어섰다. 큰길을 10분 쯤 달려서 엄마가 하는 국수 가게에 이르렀다. 예쁜 간판이 나를 맞이했다. 가게 안에는 손님이 두 분 계셨다.

엄마는 나를 보자마자 끌어안았다.

"첫날인데 괜찮았니?"

"그럼요. 학교도 좋고, 애들도 괜찮아요."

"배고프지. 국수 말아줄까?"

"엄~청~ 먹고 싶지만, 슬비와 이모랑 같이 만나서 저녁 먹기로 했어요."

경찰인 우리 이모 이름은 홍효정이다.

엄마는 나를 앉혀 놓고 한참 이것저것 물었다. 나는 오늘 있었던 일을 재미나게 꾸며서 말씀드렸다. 한참 이야기를 나누는데 손님이 한꺼번에 몰려들었다.

"손님이 많이 오네. 엄마는 일해야겠다. 이모랑 잘 놀다 와."

엄마는 활짝 웃으며 손님들을 맞았다. 엄마가 웃자 가게도 따라서 밝게 웃었다.

19시30분_호텔 레스토랑

저녁 7시 20분에 호텔 레스토랑으로 갔다. 이 호텔에는 레스토랑이 세 개나 있다. 1층은 바깥 손님들이 들르는 레스토랑이고, 39층엔 호텔에 묵는 손님들만 갈 수 있는 레스토랑이며, 40층엔 최고 부자들이나 높은 지위인 사람만 들어갈 수 있는 최고급 레스토랑이다. 슬비는 나를 데리고 40층 최고급 레스토랑으로 갔다. 이 호텔은 슬비 할아버지가 회장으로 있는 재벌그룹에 속했기에, 슬비는 제 집처럼 호텔을 드나들었다. 슬비와 올 때마다 뭔가 어울리지 않는 곳에 온 느낌이 들지만, 슬비 마음을 알기에 즐겁게 보이려고 애썼다.

나와 슬비는 밤풍경이 아름답게 보이는 곳에 자리를 잡았다. 7시 30분이 되자 이모가 왔다. 이모는 긴 머리를 질끈 묶고, 검은 웃옷과 검은 바지, 그리고 검은 운동화를 신고 나타났다. 이모 얼굴엔 어찌할 바를 모르는 빛이 뚜렷했다.

"이런 데서 밥을 먹어도 되냐?"

이모는 의자 끝에 엉덩이를 살짝 대면서 말했다.

"괜찮아 이모. 여기 슬비 할아버지네 회사 레스토랑이야."

"어휴, 나 같은 경찰은 이런 데서 밥 먹으면 월급 그대로 나간다. 그나저나 슬비 너는 구산이가 학교 옮겨서 어떻게 하니?"

"히히, 안 그래도 할아버지한테 학교 옮겨 달라고 엄청 졸랐어요."

"그래? 그랬더니 뭐라고 하셔?"

"어차피 중학교는 얼마 남지 않았으니까, 고등학교를 같은 곳에 보내준다고 하셨어요. 뭐, 그때까지 떨어져 지내야 해서 안타깝기는 하지만, 경호원 아서씨 보내서 날마다 불러들이면 되니까 괜찮아요."

"우리 구산이가 슬비한테 꽉 붙잡혔네."

슬비와 이모는 죽이 맞아서 수다를 떨었다.

우리 셋은 즐겁게 저녁을 먹었고, 신나게 이야기를 나눴으며, 멋진 밤풍경을 마음껏 즐겼다.

밤 9시에 슬비 할아버지한테 전화가 왔다. 슬비는 즐겁게 웃으며 할아버지와 이야기를 나눴다. 슬비 할아버지가 터트리는 웃음소리가 전화기 밖까지 뚜렷하게 들렸다.

9시 5분, 이모 전화기가 울렸다. 전화를 받자마자 이모는 자리에서 일어나더니 구석으로 갔다. 몇 분 뒤, 이모가 어두운 얼굴로 자리로 돌아왔다.

"구산이 너 몇 반이라고 했지?"

"3학년 9반. 그런데 왜?"

이모가 입술을 깨물었다. 무슨 말인가 하려다 말고 잠깐 망설이더니 마음을 굳힌 듯 입을 열었다.

"너희 학교에서 사람이 죽었어."

"뭐?"

"그것도 너희 반 학생이."

등으로 오싹한 기운이 흘렀다. 왜 그런지 모르지만, 나는 누가 죽은지 알 듯했다.

"죽은 애 이름이… 채예림… 이야?"

"어떻게 알았어?"

이모가 깜짝 놀라며 물었다.

"그냥 그런 느낌이 들었어. 설마, 살인… 사건?"

"아무래도 그래 보여. 교실에 쓰러져 있는 애를 병원으로 옮겼는데 20시 20분에 죽었대."

"그런데 왜 살인사건이야? 교실에서 쓰러졌으면 살인이 아닐 수도 있잖아."

"병원에서 피 검사를 했는데, 피에서 니코틴과 아주 센 수면제 성분이 나왔다고 해."

"누군가 채예림에게 수면제를 먹여서 재운 뒤, 니코틴을 몸에 집어넣었구나."

"그래! 그러니까 살인사건이지. 죽일 뜻이 있었는지 없었는지는 모르지만."

이모는 물을 한 잔 마시더니 자리에서 일어났다.

"중학교에서 자살하는 애는 봤지만 살인사건이라니, 그것도 내 조카가 다니는 반에서. 나도 믿기지 않는다."

나와 슬비도 일어났다.

"이모, 나도 같이 갈게."

"네가 낄 일이 아니야."

"내가 채예림이 죽었다고 맞혔잖아."

이모가 나를 빤히 쳐다봤다.

"너, 뭔가 아는구나?"

"다 알지는 못하지만, 아마도 사건을 풀 실마리는 아는 듯해."

"알았어. 그럼 같이 가지."

이모는 재빠른 걸음으로 움직였다.

"나도 같이 가."

슬비도 따라 나섰다.

"안 돼. 넌 집에 가. 할아버지 걱정하셔."

내가 말렸다.

"아냐! 이런 일은 나도 도움이 될 거야. 여기 있는 사람 가운데 납치
돼서 죽을 뻔한 사람은 나밖에 없잖아. 안 그래?"

슬비가 떼를 쓰면 아무도 말리지 못한다. 가기로 마음먹었다면 말린
다고 해도 따라올 슬비다. 하는 수 없이 슬비와 같이 가기로 했다. 경호
원 둘도 슬비를 따라왔다. 승강기를 타고 지하 주차장으로 가려는 이모
를 슬비가 1층에서 내리게 했다.

"이모 차는 저희 아저씨들이 끌고 오라고 할게요. 제 차 타고 가요.
훨씬 빨라요."

슬비가 말했다.

"그럴까? 안 그래도 빨리 가야 하긴 해."

우리는 호텔 1층 현관으로 나왔다. 우리가 나오는 때에 맞춰 검은 차가 왔다. 운전하던 남자가 내렸고, 이모는 그 사람에게 자동차 열쇠를 건네며 이모 차 번호와 차를 세워둔 곳을 알려주었다. 남자 경호원이 운전석에 탔고, 여자 경호원은 조수석에, 우린 뒷자리에 앉았다.

검은 차는 빠르게 도시를 가로질러 살인사건이 벌어진 학교로 달렸다. 수많은 빛들이 차를 스쳐 지나갔다. 넋 없는 빛들이 별 빛 없는 밤을 누볐다.

| 2부 |

프로파일링,
가면 속 진실 찾기

3·9

어둠에 잠긴 눈

우리가 차에 타자마자 이모 전화가 울렸다.

"네, 반장님, …네, …네, 부모에게는 일단 심장이 갑자기 나빠져서 죽은 걸로요? … 병원 쪽은? …네, …네, …알겠습니다. 기자들이랑 학부모들 귀에 들어가지 않게…… 알겠습니다. … 아, 그 점은 잘 압니다. …네, 되도록 시끄럽지 않게 마무리하겠습니다. …네, …네, 그럼!"

전화를 끊은 이모는 머리끈을 풀고 머리를 매만진 뒤에 다시 묶었다.

"골치 아프게 생겼네. 위쪽이 이렇게 움직이니……."

이모는 왼손에 전화기를 들고 오른쪽 둘째 셋째 손가락을 번갈아 가며 전화기 뒷면을 톡톡 쳤다.

"채예림한테 심장병이 있었어?"

체육 시간에 잘 뛰지 않던 채예림을 떠올리며 내가 물었다.

"태어날 때부터 심장이 안 좋아서 어릴 때 심장 수술을 여러 번 받았대. 채예림이 응급실로 실려 간 병원이 바로 심장 수술을 받은 병원이어서 병원 쪽에서 곧바로 알았나 봐."

"애들은 모르던데……."

채예림은 뭐든지 꼭 이기고 싶어 했다. 작은 말다툼에서도 이기려 들었고, 저보다 나은 애를 가만히 두고 보지 못했다. 수술을 받았다면 심장이 약했을 텐데, 오늘 하루 만난 채예림은 몸매는 가냘프지만 약함과는 거리가 멀었다. 내가 만난 그 어떤 여자애보다 드셌고, 머리는 두드러지게 뛰어났다. 약한 심장과 센 겉모습이라니, 아무리 생각해도 어울리지 않았다. 어쩌면 채예림은 제 약함을 가리려고 일부러 센 척하며 지냈는지도 모른다. 아니면 심장은 약하지만 됨됨이는 굳세게 태어났는지도 모른다. 오늘 하루만 해도 그렇게 많은 미움을 만들어냈는데, 지난 시간 동안 얼마나 많은 애들과 등을 지고 살았을까? 처음 만난 나조차 채예림이 거슬렸는데, 다른 애들은 오죽할까? 기나긴 시간 동안 오늘처럼 살았다면 채예림에게 이를 가는 애들이 얼마나 많을까? 몰랐던 채예림을 알고 나니 내가 큰 잘못이라도 저지른 듯 마음이 무거웠다. 그냥 심장이 안 좋다고 드러내고, 친구들과 부드럽고 따뜻한 사이로 지냈다면 이런 끔찍한 일도 벌어지지 않았을 텐데…….

그렇지만 내가 채예림이라고 해도 약점을 드러내기는 쉽지 않았으리란 생각이 들었다. 나만 해도 다른 애들 약점을 잡아서 내 뜻대로 움직이려고 한다. 약점을 아는 사람은 위로 올라서고, 약점을 잡힌 사람은 아래로 깔린다. 위는 귀족이요, 아래는 노예다. 학교는 이기는 사람이 멋지고, 거룩하다고 대놓고 가르친다. 이겨야만 제대로 된 사람으로 떠받드는 학교에서, 스스로를 지키려면 채예림처럼 제 약점은 물샐틈

없이 가리고 겉은 무지막지하게 센 척하지 않을 수 없다.

"니코틴이 사람을 죽일 만큼 그렇게 무서워요?"

슬비가 이모에게 물었다.

"한꺼번에 니코틴 30~40mg이 들어가면 사람이 죽는다고 해. 죽은 애에게 얼마만큼 많은 니코틴이 한꺼번에 들어갔는지는 더 자세하게 알아봐야겠지만, 아무튼 니코틴이 한꺼번에 들어오니 약한 심장이 견뎌내지 못한 거야."

"어휴, 담배가 진짜 무섭네."

슬비가 코를 막는 시늉을 했다.

"제대로 말하면, 그냥 담배가 아니라 전자담배야. 채예림한테는 아마 니코틴을 원액으로 집어넣었을 거야."

코를 잡은 슬비 손을 잡으며 내가 말했다.

"너, 그건 또 어떻게 알아?"

이모가 내 쪽으로 몸을 틀었다.

"너, 알고 있는 거 빨리 다 말해."

"말해줄 테니까, 그전에 채예림 휴대전화가 있는지 좀 알아봐. 2G폰인데, 음~ 겉에 채예림 사진이 있어."

"휴대전화는 왜?"

"내 생각이 맞다면 바로 사건을 풀어낼 실마리가 잡힐지도 몰라서 그래."

이모는 내게 빨리 이야기를 듣고 싶은 눈치였지만, 먼저 내가 해달라는 대로 해줬다. 이모가 두 곳에 전화를 걸었다.

"바로 전화가 올 거야. 이제 내가 아는 대로 나한테 말해 줘."

나는 스마트폰 메모장을 열고 애들 이름을 쓰면서 이모에게 내가 아는 바를 들려줬다.

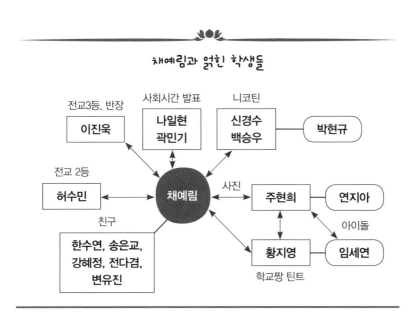

채예림과 얽힌 학생들

"채예림을 미워하는 애들이 많아. 물론 채예림과 잘 어울리는 애들도 있어. 한수연, 송은교, 강혜정, 전다겸, 변유진은 채예림과 가까이 지내. 같이 무리 지어 다녀."

"가까운 애들이 꼭 뒤통수치더라."

슬비가 끼어들었다.

"그럴지도."

나는 슬비 말에 가볍게 맞장구 쳤다.

"아무튼 나는 오늘 하루밖에 보지 못했으니까 더 깊은 곳에 감춰진 이야기는 잘 몰라. 그렇지만 니코틴과 수면제가 살인에 쓰였다면 거기에 얽힌 애들이 누군지는 알아. 채예림 전화까지 없어졌다면 거의 100%야. 채예림과 허수민은 전교1등을 두고 오랫동안 다퉜고 나도 둘이 다투는 모습을 지켜봤는데, 맞수라기보다는 거의 서로 못 잡아먹어 안달 난 사이처럼 보였어. 허수민은 겉보기에는 착해 보이는데 속은 굉장히 앙칼지다고 해. 이진욱은 반장이고 선생님께 꽤나 믿음을 얻었는데 여자애들은 이신욱 말을 별로 따르지 않아. 채예림과 이진욱이 다투는 모습도 봤는데 채예림 앞에서 이진욱은 기를 펴지 못했어. 나일현과 곽민기는 발표를 잘못했다고 채예림에게 엄청 구박을 당했어."

"한 반에 그렇게 적을 많이 만들다니…… 그럼 무척 힘들 텐데."

슬비가 또 끼어들었다.

"나도 줄곧 지켜보면서 왜 저러나 싶었어."

그때 이모 전화가 울렸다.

"그래! 어떻게 됐어? … 정말 없어? … 병원 쪽에도 없고? … 알았어. 수면제가 졸피뎀이라고? 그렇게 센 수면제를 … 알았어. 학교 쪽 사람들은 나왔어? …어, 교장이랑, … 교감, … 담임, 다른 사람은? … 좋아! 사건이 일어날 때 학교에 있었던 교직원들도 오라고 해. … 그래! 꼭! 그리고 밖으로 말 나가지 않게 하고. …그래, 학교 쪽도 나쁜 소문나길 바라지 않으니까 말 잘 들을 거야. 그래! … 알았어. 15분쯤 뒤면 가. 끊어."

전화를 끊은 이모가 내 얼굴을 빤히 봤다.

"휴대전화가 없대."

"그럴 줄 알았어."

"어떻게 된 일이야. 니코틴과 수면제, 그리고 휴대전화. 도대체 너 뭘 봤니?"

나는 차가 학교 앞에 이를 때까지 이모에게 내가 보고 듣고 생각한 바를 이야기했다.

"아침에 신경수, 백승우가 나누는 말에서 니코틴이란 낱말을 들었어. 신경수와 백승우는 늘 말썽을 피우며 다니는 애들이고, 박현규는 강제전학을 당해서 왔어. 셋이 많이 어울려 다녀. 쉬는 시간에 화장실 앞 계단 쪽에서 박현규가 신경수와 백승우를 다그치는 모습도 봤어. 내가 학교를 끝마치고 차에 탔을 때 운동장에 있는 백승우와 신경수를 봤는데, 둘은 이야기를 나누면서 잇따라 중앙 현관 쪽을 보며 누가 나오는지 살피는 눈치였지. 내가 본 바를 바탕으로 박현규, 신경수, 백승우, 채예림 사이에 일어난 일을 어림하면 다음과 같아.

신경수와 백승우는 박현규에게 니코틴을 넘기로 하고 돈을 받았어. 그런데 무엇이 어그러졌는지, 신경수와 백승우가 박현규에게 니코틴을 넘기지 못하게 됐어. 박현규는 신경수와 백승우를 몹시 다그쳤고, 둘은 구석에 몰렸어. 신경수와 백승우는 학교가 끝나고 난 뒤에 아마도 어떤 애를 기다렸는데, 뒤이어 벌어진 일을 봤을 때 신경수와 백승우가 기다린 애는 채예림 아니면 채예림을 죽음으로 몰아넣은 범인일 거야."

나는 방과후에 학교에 남은 우리 반 학생들 이름을 쭉 썼다.

학교에 남은 학생들

- (6층) 물리지구과학실험실 : 허수민, 문가영, 황지영, 주영민, 류혁재, 윤병인
- (5층) 3-9반 교실 : 채예림, 연지아, 곽민기, 나일현, 권태형, 한수연
- (지하) 도서관 : 이진욱
- (건물 밖) 운동장 : 신경수, 백승우

"그때 학교에는 우리 반 애가 열세 명 있었어. 이진욱은 도서관, 국어 수행평가를 준비하느라 모인 여섯 명은 우리 반, 또 다른 여섯 명은 물리지구과학실험실에 있었어. 신경수와 백승우는 열한 명 가운데 한 명을 기다렸을 거야."

내 말을 들은 이모가 한마디 덧붙였다.

"그 둘이 채예림을 죽인 범인일 수도 있지."

"그럴지도 모르지만, 내가 하루 내내 지켜 본 그 둘은 말썽을 부릴 애들이긴 하지만, 그런 짓을 저지를 만한 애들은 아니야."

"사람 속은 몰라."

"그렇긴 하지."

이모는 손목시계를 봤다. 내비게이션에 학교까지 남은 시간이 10분이라고 떴다.

"니코틴은 그렇고, 졸피뎀과 휴대전화는 어떻게 된 일이야? 곧 학교니까 빨리 말해."

이모는 마음이 급한지 거듭 시계를 들여다봤다.

"우리 반 담임인 김경아 선생님은 우울증에 불면증을 앓아. 내가 보기엔 이혼을 했거나 이혼에 몰렸고, 자녀와 사이도 그리 좋아 보이지 않아. 애들을 잘 가르치려는 마음도 없어. 아무튼 아침에 선생님 책상에서 신경정신과에서 받은 처방전, 약봉지, 약포장지 등을 많이 봤어. 수업을 하다가 주번에게 두통약을 가져오라고 시키기도 했고. 수면제는 아마 선생님 책상에서 훔쳤을 거야."

"선생님 책상 서랍에서 수면제를 봤어?"

"두 눈으로 보진 않았고, 많은 약봉지와 처방전을 바탕으로 어림잡았을 뿐이야."

"수사는 어림으로 하면 안 돼."

이모가 따끔하게 짚었다.

"가서 보면 되잖아요."

슬비가 내 팔을 잡으며 말했다.

"그래, 슬비 말대로 가서 보면 되겠지. 아무튼, 그래서?"

"수면제를 훔칠 만한 사람은 내가 보기엔 넷이야. 이번 주 주번인 나일현과 주현희, 반장인 이진욱, 그리고 누군지 모르는 한 명. 나일현은 4교시 과학 수업이 끝날 무렵 과학 선생님이 시켜서 교무실에 갔어. 나일현은 과학 선생님 책상에 가서 학습지를 가지고 왔지. 주현희는 6교시에 김경아 국어 선생님이 시켜서 다녀왔어. 이진욱도 교무실에 간 적이 있지만, 그때는 담임 선생님이 계셔서 훔치기 어려웠을지도 몰라. 그리고 누군지는 모르지만 우리 반 애들 가운데 교실에서 벌어지는 일을 미주알고주알 선생님께 일러바치는 애가 있어. 그 애가 누군지는 아직 모르겠어."

"넌 너무 네가 본 대로만 생각하고 있어. 네가 보지 않았을 때 다른 학생이 교무실에 갔을 수도 있어."

이모가 또다시 내 빈틈을 비집고 들어왔다.

"물론 그래. 그렇지만 중학생들이 교무실에 가는 일은 별로 없어. 그리고 선생님 책상에 자유롭게 다가가기도 쉽지 않고. 교무실엔 다른 선생님들 눈이 많아서 쉽지 않아."

나는 내 논리에서 빈틈을 메우려고 애썼다.

"그래, 그 점은 네 말이 맞을 수도 있어. 그리고?"

"이 넷 가운데 가장 훔쳤을 만한 애는 주현희야. 주현희는 2교시에 임세연과 SNS로 심하게 다퉜어. 그리고 쉬는 시간에 임세연 친구이자 여학생 짱이면서 공부도 잘하고 말발도 센 황지영한테 엄청 깨졌지. 지켜보는 사람이 무서울 만큼. 바로 뒤 3교시 미술 시간에 미술 선생님이 화장하는 여학생들을 잡았는데, 그때 황지영은 틴트를 바르고도 선생님을 속여서 빠져나갔어. 그런데 주번인 주현희가 그림을 거두다가 미술 선생님께 몰래 메모를 써서 황지영이 한 속임수를 일러바쳤고, 황지영은 미술 선생님께 걸려서 엄청 깨졌지. 미술 시간에 돌아가는 일을 떠올려 보면, 주현희가 선생님께 일러바치지 않았다면 미술 선생님은 황지영이 한 속임수를 알 수 없었을 거야. 주현희가 조금 전에 당했던 앙갚음을 한 셈이지. 앙갚음은 거기서 그치지 않았어. 점심 때 체육수업을 가려고 모두들 교실을 비웠을 때 주현희는 주번으로 혼자 교실에 남

앉아. 뭘 했는지 모르지만, 주현희가 그때 또다시 황지영 물건이나 무언가에 어떤 짓을 했어. 내가 보지 않았기 때문에 무슨 일을 저질렀는지는 나도 몰라. 아무튼 재수 없게도 그 짓을 하다가 채예림에게 딱 걸려서 사진이 찍혔어. 내가 휴대전화를 교실에 돌려놓으려고 갔다가 채예림이 사진을 찍는 모습, 주현희가 쫓아 나와서 채예림에게 매달리는 모습, 채예림이 차갑게 주현희를 밀쳐낸 모습까지, 모두 봤어. 주현희가 황지영에게 복수를 했고, 그걸 채예림이 사진을 찍었다고 보면, 그때 내가 본 장면이랑 모두 딱딱 들어맞아."

"그러니까 네 말은 점심 때 황지영에게 복수를 하다 채예림에게 걸린 주현희가, 채예림이 황지영에게 사진을 보여주기 전에 채예림 휴대전화를 몰래 빼내려고 수면제를 채예림에게 먹였다는 말이네."

이모가 깔끔하게 내 말을 갈무리했다.

"맞아."

"말은 그럴싸해. 그렇지만 네가 앞서 말한 대로라면 주현희는 방과 후에 학교에 남아 있지 않았어."

"그렇긴 하지."

나도 그 점은 걸렸다.

"몰래 학교로 다시 돌아왔을 수도 있죠."

슬비가 말했다. 나도 슬비와 같은 생각을 했다.

"그야 학교CCTV를 보면 알 수 있겠지. 만약 주현희가 몰래 다시 학교에 왔다면, 구산이 네 말이 거의 맞다고 봐야지."

이모가 힘 있게 말했다. 아마도 이모는 내 말을 듣고 사건을 쉽게 풀어갈 수 있으리라 믿는 듯했다.

"그러네요. 어느 학교나 CCTV는 있으니까 다시 왔다면 어딘가에 찍혔겠죠. 금방 범인이 나오겠네."

슬비는 이모와 나를 번갈아 보며 밝게 말했다.

"이모와 슬비는 모르겠지만, 아주 큰 빈틈이 있어."

차가 교문으로 들어섰다.

"빠르면 1시, 늦어도 3시쯤부터 학교CCTV가 모두 멈췄어."

"무슨 소리야?"

이모가 갑자기 큰소리로 말해서 나노, 슬비도 깜짝 놀랐다.

"CCTV를 고화질로 바꾸는 일을 오후부터 했어. 서버도 바꾸느라 학교 안을 비추는 CCTV는 아예 한 대도 없었다고 보면 돼. 보는 눈이 사라지고 어둠에 잠긴 학교가 된 셈이지."

"이런~!"

이모는 이를 앙다물더니, 문을 걷어차듯이 열고는 차에서 내렸다.

분노조절장애와 거울

경찰차가 많을 줄 알았는데 한 대도 보이지 않았다. 중앙 현관과 교무실만 불이 켜졌고, 다른 곳엔 불도 켜지지 않았다. 마치 아무 일도 일어나지 않은 학교처럼 보였다. 잠시 어리둥절했지만 이모가 반장과 전화할 때 시끄럽지 않게 마무리 하겠다고 하고, 전화를 끊자마자 이모가 위쪽이 벌써 움직였다면서 걱정하는 말을 떠올리니 어떤 일이 벌어졌는지 어림잡을 수 있었다. 이모는 전화기를 주머니에 넣고는 흐트러지지도 않은 머리를 굳이 풀더니 바싹 뒤로 모은 다음 머리끈으로 꼼꼼하게 묶었다.

"구산아!"

이모가 학교 쪽을 보며 나를 불렀다.

"어쩔 수 없이 너랑 같이 움직이게 됐지만, 네 꿈이 프로파일러니 속으로 약간 들떴을지도 모르지만……."

조금 뜨끔했다.

"책이나 영화에서 보는 살인사건이랑 진짜는 달라. 영화나 책에 나오는 살인사건은 만든 사람 머릿속에서 지어낸 이야기야. 거기 주인공들은 증거 몇 가지로 어려운 사건을 척척 풀어내. 그렇지만 진짜는 달라. 그냥 몇 가지만 보면 범인이 나오는 사건도 있지만, 아무리 봐도 누가 어떻게 왜 죽였는지 모르는 사건도 있어. 차 안에서 내가 보여준 당당함은 멋지기도 하지만, 잘못했다가는 엉뚱한 사람을 범인으로 몰아가게 되기도 해."

이모가 따뜻한 눈으로 날 봤다.

"위에서 시끄럽지 않게 끌고 가라고 하지 않았더라도, 나도 그렇게 하려고 했어. 여기는 학교야. 어린 학생들에게 자칫 잘못하면 씻을 수 없는 아픔을 줄 수도 있어. 내가 무슨 말 하는지 알겠지?"

"그래. 이모. 알아들었어. 이모가 한 말 마음에 깊이 새길게."

"그렇다고 기죽지는 말고."

이모가 내 손을 꽉 잡더니 놓았다. 이모 손이 떠난 뒤에 슬비 손이 찾아들었다.

"걱정 마세요. 우리 구산이 잘해요. 옛날에 저도 구했잖아요."

이모는 슬비와 나를 보며 씩 웃더니 빠른 걸음으로 중앙 현관으로 걸어가며 전화를 걸었다. 슬비는 팔짱을 끼고 내 옆에서 걸었고, 그 뒤로 슬비 경호원 두 사람이 따라왔다. 중앙 현관에 서 있던 의경 두 명이 이모에게 경례를 했다. 이모는 거침없이 2층으로 걸어 올라갔다. 2층에 있던 순경 두 명이 이모를 보더니 경례를 했다. 그때 청바지에 청재킷을 입은 젊고 씩씩한 20대 후반 남자가 승강기에서 내렸다.

"홍경사님, 오셨습니까?"

"어! 염경장, 내가 늦었지?"

"아닙니다."

"감식반은 왔어?"

"예, 3학년 9반 교실에 있습니다."

"한 명만 잠깐 내려오라고 해."

"전화하겠습니다."

염경장이 전화를 할 때 교장, 교감 선생님과 함께 김경아, 안대수 선생님이 나타났다.

"책임자가 이렇게 젊고 예쁜 여형사님이라니 놀랐습니다. 반갑습니다. 이 학교 교장입니다. 잘 부탁합니다."

교장은 손을 내밀며 깍듯이 이모에게 말을 건넸다.

살인사건이 일어났는데 반갑고, 잘 부탁한다는 말을 하다니, 어이가 없었다. 이모는 가볍게 교장 손을 잡고 놓은 뒤, 교장에겐 한마디도 않고 선생님들 쪽을 보고 말했다.

"채예림 반 담임선생님이 누구시죠?"

김경아 선생님은 나를 힐끗 보더니 앞으로 한 걸음 나왔다.

"제가 담임입니다."

"선생님 책상이 어디죠?"

김경아 선생님은 머리를 오른손으로 짚으며 눈살을 찌푸렸다.

"제 자리가 어딘지는 왜 물으시죠?"

"수사를 왜 하는지는 말씀드리지 않습니다. 어디죠?"

"저쪽입니다. 따라오세요."

김경아 선생님이 앞장서고 이모가 뒤를 따랐다. 나와 슬비와 경호원과 다른 선생님들도 뒤를 따랐다.

"여깁니다."

"뒤로 물러서주십시오."

그때 염경장과 함께 하얀 옷을 입고, 목에 카메라를 메고, 손에 은색 가방을 든 감식반이 나타났다.

"이 책상에 있는 지문 채취 해."

감식반은 이모 말에 따라 지문을 채취했다. 감식반이 시문 채취를 하는 동안 아무도 말이 없었다.

"담임선생님 지문 말고 다른 지문이 있는지 알아야 하니까 선생님 지문도 부탁드립니다."

담임선생님은 잔뜩 일그러진 얼굴로 묵묵히 지문을 찍었다.

이모는 흰 장갑을 끼더니 김경아 선생님 서랍을 열었다. 첫째 서랍에는 약봉지와 찢긴 포장지가 지저분하게 있었고, 셋째 서랍에는 두통약이 보였다. 둘째 서랍을 열자 그 안에서 신경정신과 처방전이 보였다. 수면제인 졸피뎀도 몇 개 보였다.

"오늘 낮에도 이렇게 서랍에 졸피뎀을 두고 계셨나요?"

"네."

김경아 선생님은 짧게 대꾸했다.

"여기 사진 찍고, 졸피뎀은 증거물이니까 잘 담아. 그리고 졸피뎀에도 지문이 있는지 살펴보고."

감식반은 목에 건 카메라로 열린 서랍을 찍은 뒤, 졸피뎀을 비닐 봉투에 담았다.

"담임선생님은 저를 따라 오시고, 다른 분들은 교장실에서 기다리십시오."

승강기에 타기 전에 이모는 순경들에게 선생님들이 다른 곳으로 가지 못하게 하라고 시켰다. 이모는 김경아 선생님과 함께 승강기에 올랐다. 염경장과 감식반도 같이 움직였다. 나와 슬비와 경호원도 이모를 따라서 승강기에 탔다. 승강기 안에서 김경아 선생님은 나를 힐끗 보며 말했다.

"구산이 너는 무슨 일이니?"

"제 조카인데, 증인으로 데려 왔습니다."

이모가 딱딱하게 대꾸했다.

"담임선생님께서 쓰러진 애를 처음 보셨습니까?"

"네."

"몇 시였죠?"

그때 승강기 문이 열렸다.

"저녁 7시 20분쯤이었어요."

"2층 교무실에 계셨는데, 왜 그 시간에 올라가셨죠?"

"퇴근하려고 하는데, 교실 열쇠가 와 있지 않더군요. 수행평가 준비를 하느라 몇몇이 남았다는 걸 알았기에, 아직도 교실에 있나 싶어서 올라가 봤어요."

"처음 봤을 때 어떤 모습이었죠?"

"책가방에 있어야 할 책과 공책이 찢겨진 채 바닥에 뒹굴고, 필기구는 뒷자리까지 날아가 있었어요. 교실 풍경에 깜짝 놀라서 얌전히 누워 있는 채림이에게 다가가 마구 흔들었어요. 제가 깨우려고 할 때 그 애는 한쪽 팔은 얼굴을 괴고, 한쪽 팔은 교탁 쪽으로 쭉 뻗은 채 자는 듯 누워 있었죠. 저도 처음에는 그냥 자는 줄 알았는데 아무리 세게 흔들어도 깨어나지 않아서 잘못됐다는 생각이 들었죠. 코에 손을 댔더니 호흡이 지나치게 가늘었어요. 맥박을 짚어 봤더니 맥박은 뛰다 말다를 거듭했어요. 그때서야 놀라서 소리를 지르고, 119에 전화를 걸었죠."

선생님 말을 듣는 사이에 드디어 3학년 9반 교실 앞에 섰다. 교실 안에선 감식반이 꼼꼼하게 곳곳을 살피고 있었다. 교실 안은 환하게 밝았고, 모든 창문엔 커튼이 내려져서 밖으로 빛이 빠져나가지 않았다.

가장 먼저 눈에 뜨이는 모습은 칠판 앞과 채예림 책상 둘레에 흩뿌려진 종이와 필기구였다. 김경아 선생님이 말한 그대로였다. 두 사람이 싸운 흔적은 아니었다. 한 사람이 채예림 책상 앞에 서서 책과 공책을 찢어발기고, 필기구를 교실 곳곳으로 집어던진 듯했다. 도대체 누굴까? 흔적을 보건데 그냥 골이 나서 한 짓이 아니었다. 속에서 끓어오르는 노여움을 어쩌지 못하고, 저도 모르게 저지른 짓이었다. 그러지 않고서야 저렇게 책과 공책을 갈기갈기 찢고, 필기구를 교실 곳곳으로 집어던지는 짓은 하지 않는다. 우리 반에 저런 애가 있었던가? 오늘 하루 지켜본 바로는 누군지 알 수가 없었다. 선생님은 알지 않을까?

"선생님, 혹시 우리 반에 분노조절장애인 학생이 있나요?"

내가 김경아 선생님에게 물었다.

"그런 애 없어."

선생님이 딱 잘라 말했다.

교실 뒤쪽 사물함 가운데 하나가 활짝 열려 있었다. 큼지막한 자물쇠가 눈에 확 띄었다. 채예림 사물함이었다. 사물함 바로 앞쪽 바닥에 공책 몇 권이 떨어져 있었다. 두 사람이 사물함을 열고 사물함에 있는 공책을 꺼내서 내팽개친 뒤 서둘러 어떤 물건을 찾는 모습이 떠올랐다.

"이모, 저기 열린 사물함, 채예림 사물함이야."

이모는 내 손끝을 보더니 말없이 고개만 끄덕였다.

그때 감식반이 밖으로 나왔다.

"끝났네."

감식반 가운데 한 사람이 마스크와 모자를 벗으며 말했다. 꽤나 나이가 들어보였다.

"선배님, 뭐 남다른 점은 찾았습니까?"

"지문이 너무 많아."

"그러겠죠. 애들이 북적거리며 지낸 곳인데."

"열린 사물함이랑, 쓰러진 곳 둘레, 그리고 곳곳에 흩어진 필기구에서 지문을 얻기는 했는데, 잘 나올지 모르겠네."

"힘드셨겠네요. 지문 말고 다른 점은 없습니까?"

"쓰레기통에 다른 쓰레기는 없는데 비닐봉지에 아이스크림을 먹고 버린 쓰레기가 있어. 흔적을 보자 하니 여섯 명 정도가 아이스크림을 먹었는데, 다 다른 아이스크림을 먹었어. 모임을 하다가 누가 나가서 사왔나 봐. 그리고 바닥에 꽤나 많은 니코틴이 있어. 그냥 쏟지는 않았고,

주사기로 빨아들였다가 몸에 찌르기 전에 주사기에서 빼냈을 때 남는 흔적이야. 마르긴 했지만, 그 흔적을 봤을 때 꽤나 많은 양이야. 잔뜩 빨아들였다가 대부분은 빼내고 조금만 쓰러진 학생에게 넣은 듯해."

"아이스크림 먹고 남은 곳을 잘 살펴봐야겠네요. 거기서 수면제나 니코틴이 나올 수도 있으니까요."

"안 그래도 따로 따로 나눠서 모았네. 돌아가서 살펴봐야지."

나이 든 감식반 형사는 머리를 긁적이더니 말을 이었다.

"자물쇠가 안 달린 사물함이 몇 군데 있어서 열어봤는데, 거기서 주사기를 세 개나 찾아냈어. 주사기를 수업하는데 썼나 봐."

"맞아요. 과학 수업 때 3학년이 모두 실습한다고 썼기 때문에 주사기가 한동안 학교 곳곳에 많이 돌아다녔어요. 다치기라도 할까 봐 거둬서 버렸는데, 그래도 꽤 남아 있었나 보네요."

김경아 선생님이 말했다.

"니코틴을 주사기로 몸에 넣은 듯한데, 주사기를 이렇게 많다면 주사기로 범인 찾기는 쉽지 않겠군요."

이모는 입술을 지그시 깨물었다.

"꼭 그렇지는 않아. 사물함에서 주사기 세 개를 찾은 뒤에 혹시 몰라 순경들에게 다른 곳을 뒤지라고 했는데, 바로…… 이게 나왔지?"

감식반 형사는 들고 있던 은빛 상자를 열어 증거품 하나를 보여주었다. 주사기였다.

"주사기 아닙니까?"

"5층 여자 화장실 쓰레기통에서 찾아냈어. 다른 교실문은 다 잠겨서 들어갈 수가 없고, 화장실은 다 열려 있어서 6층부터 지하까지 다 뒤졌더니 이 주사기가 5층 여자 화장실에서 나왔다네. 내가 보기엔 이걸로 수면제를 넣었어."

감식반 형사는 증거품을 다시 은빛 상자에 넣었다.

"그렇게 생각하시는 까닭이 있으세요?"

"니코틴 냄새가 안 나고, 피 묻은 흔적이 없으니까."

"물에 닦아 냈을 수도 있죠."

"아, 물론 그럴 수도 있지. 그렇지만 난 내 느낌을 믿어. 이런 일을 오래 하다보면 딱 오거든. 그렇게 얽히고설킨 사건이 아니니까 금세 끝날 거야."

감식반 형사는 스스로가 한 말을 굳게 믿는 투였다.

"선배님 말씀처럼 되면 정말 좋겠네요."

이모 얼굴은 어두웠지만 감식반 형사 얼굴은 밝았다. 아니 어쩌면 해맑다는 말이 더 어울렸다.

"또 하나 놀라운 증거! 이걸 봐."

감식반 형사는 카메라로 찍은 사진을 이모에게 보여주었다.

"어딥니까?"

"3층 여자 화장실, 그리고 같은 층 여자 선생님 화장실. 이게 무슨 뜻인지 알겠지?"

이모는 말은 않고 머리만 끄덕였다.

"그러니까 골치 썩히지 마. 수사 하나 마나 뻔한 이야기야."

"어쩌면, 그럴 수도 있겠네요."

감식반 형사는 은빛 상자를 내려놓고 늘어지게 기지개를 켜더니 다시 상자를 들었다.

"가서 증거를 자세히 살펴보면 뭐든 더 나오겠지. 서장이 하도 닦달을 해서 오늘 밤 내로 끝장을 내야 해. 우린 먼저 들어가네."

"네, 선배님. 또 다른 게 나오면 알려주십시오."

"그래, 그래! 나, 가네."

감식반이 승강기를 타고 내려간 뒤에도 이모는 밖에 서서 한참 교실 안을 바라봤다.

"선생님, 저와 같이 내려가시죠."

이모는 여자 화장실 쪽으로 걸었다. 복도 끝까지 간 이모는 천천히 계단을 내려갔다. 김경아 선생님과 나는 이모 걸음에 맞춰 느리게 걸었다. 슬비는 내 뒤를 따라왔다.

내 머리 속엔 아이스크림, 수면제, 사물함, 니코틴, 화장실 주사기 따위가 어지럽게 뒤엉켰다. 채예림을 쓰러뜨린 범죄가 이루어지려면 먼저 채예림에게 수면제를 먹여야 한다. 어떻게 채예림에게 수면제를 몰래 먹였을까? 여섯이 모여 있는 곳에서 채예림에게만 수면제를 먹여서 잠들게 하려면 어떻게 해야 할까?

아이스크림이 가장 그럴 듯했다. 녹인 수면제를 주사기에 넣은 뒤 아이스크림에 바늘을 꽂으면 아주 쉽다. 수면제로 쓰인 졸피뎀은 먹으면 15분 안에 잠든다. 모임이 끝날 때쯤 아이스크림을 먹었다면 채예림은 졸려서 잠깐 쉰다고 했을 테고, 나머지 애들은 그런 채예림을 두고 나갔다. 채예림과 같은 조 애들을 떠올렸다.

3학년 9반 교실에 남은 학생들

채예림, 연지아, 곽민기, 나일현, 권태형, 한수연

나일현은 수면제를 손에 넣을 수도 있고, 채예림을 싫어하기도 한다. 그러나 나일현이 왜 채예림을 잠재워야 한단 말인가? 채예림을 골탕 먹이려고? 그냥 골탕만 먹이려고 수면제를 먹였을까? 그럴싸하지 않다. 나일현을 빼고 나니 딱히 채예림에게 나쁜 마음을 품은 애가 누군지 알 수가 없었다. 하루밖에 살피지 않았는데 애들 사이에 숨겨진 이야기를 다 알기는 어려운 노릇이다. 저 안에 김경아 선생님께 교실 안에서 벌어진 일을 일러바치는 애가 있을지도 모른다. 그게 누군지 모르지만 그 애도 이 모든 일을 할 수 있다. 물론 내가 생각지도 못한 애가 일을 꾸몄을지도 모른다. 어차피 넉넉하지 않은 증거로 머리를 굴려봐야 답이 보이진 않는다. 내일 애들을 불러서 누가 아이스크림을 사왔는지 알아내면 모든 물음은 풀린다. 어쩌면 일이 아주 쉽게 풀릴지도 모른다.

3층까지 내려온 이모는 계단을 더 내려가지 않고 여자 화장실로 들어갔다. 나는 이모가 볼일을 보나 싶어서 머뭇거리는데, 이모가 화장실에서 나와 김경아 선생님을 불렀다. 여자 화장실에 들어가려니 조금 쑥스러웠는데, 화장실에 들어가자마자 그 쑥스러움은 놀라움으로 바뀌었다. 유리창에 쓰인 글씨가 뚜렷했다. 나도 저런 글씨를 써 본 적이 있다. 비누거품을 낸 뒤에 손끝에 묻혀서 거울에 글씨를 쓰면 며칠이 지나도 지워지지 않고 잘 보인다.

'3학년 채예림, 모범생인 줄 알았는데 담배를? 안 피웠다고 발뺌할 테니 피검사 해 봐라!'

깊이 따져보지 않아도 글씨가 모든 걸 말해주었다. 누군지 모르지만 채예림에게 수면제를 먹여 쓰러뜨리고, 액상 니코틴을 주사기로 넣은 뒤, 3층 화장실에 저 글씨를 남겼다. 저 글씨는 뚜렷한 점 하나와 알쏭 달쏭한 점 하나를 일러준다.

뚜렷한 점, 채예림에게 액상 니코틴을 넣은 애는 채예림을 죽일 뜻이 없었다. 채예림을 니코틴으로 죽이려 했다면 저런 글씨를 남겼을 리 없다. 채예림이 쓰러진 곳 교실 바닥에 주사기에서 빠진 니코틴이 많이 떨어진 까닭도 뚜렷해진다. 죽일 뜻이 없었기에 아주 작은 양만 찌를 것이다. 너무 많이 넣었다가 큰일 날까봐 걱정했다. 금요일 밤에 니코틴을 넣었으니 월요일에 피검사를 하면 니코틴이 나오리라 여겼다. 피검사를 하면 채예림이 담배를 피운다고 소문이 날 테고, 그러면 강제전학을 당하지는 않겠지만 특목고도, 선생님들 믿음도, 애들 앞에서 잘난 척하기도 모두 끝이다. 채예림을 미워하는 애들에게 이보다 더 한 앙갚음은 없다.

알쏭달쏭한 점, 도대체 왜 채예림 공책과 노트를 갈기갈기 찢고, 필기구를 마구 집어던졌을까? 이 일을 벌인 애가 채예림을 담배 피우는 애로 몰아서 무너뜨리려고 했다면 그런 짓을 할 리가 없다. 수면제를 먹이고, 액상 니코틴을 넣은 뒤, 담배 피우는 소문을 내겠다고 탄탄한 꿈 꿍이를 세운 애가 왜 저런 어이없는 짓을 했을까? 분노조절장애인 애 가 갑자기 노여움이 치밀어 저도 모르게 공책과 노트를 찢어발겼을까?

어쩌면 사건은 아주 뻔하거나, 아니면 실타래처럼 얽히고설켰을지 도 모른다. 이모 얼굴빛을 보자 하니 나와 생각이 크게 다르지 않은 듯 했다. 머리만 써서 모든 감춰진 이야기를 알아낼 수는 없다. 내일, 애들 을 만나보면 감춰진 이야기가 다 드러나게 되리라 믿었다. 아니 믿고 싶 었다.

"학교에서 담배 피우는 학생 찾아내려고 피검사도 합니까?"

이모가 김경아 선생님께 물었다.

"네. 담배와 얽힌 말썽이 종종 생겨서 아예 보건실에 니코틴 피검사 도구를 갖춰 놓았어요. 담배를 피우는 애 같다는 의심이 들면 보건 선생 님이 피검사를 바로 합니다."

이모는 같은 층 여자 선생님 화장실도 들렀다. 그곳에도 똑같은 글이 있었다.

열여섯 살 프로파일러

학교에서 밤새 있으려고 했으나 이모가 우릴 쫓아내서 하는 수 없이 나왔다. 슬비도 늦은 시간이라 집으로 갔다. 밤늦게 들어갔더니 엄마는 드라마를 보며 훌쩍거리고 있었다.

"아들 왔어! 어휴~ 어쩌면 좋니."

엄마는 나를 볼 때는 환하게 웃더니 드라마를 보면서 다시 눈물을 찔끔거렸다. 내가 다 씻고 나오자 드라마가 끝났다.

"슬비랑 효정이랑 같이 밥 먹는다고 하지 않았어?"

엄마가 TV를 끄며 말했다.

"응, 같이 먹었는데, 이모가 일이 생겨서……."

"걔는 툭하면 밤에 집에 안 들어오니, 경찰도 못 해먹을 짓이네. 아, 참! 조금 전에 담임선생님께서 전화를 하셨는데, 내일 아홉 시까지 학교에 늦지 않게 오라네."

"왜?"

"방송국에서 와서 너희 반을 찍기로 했대."

나는 잠깐 어안이 벙벙했다. 살인사건이 일어난 학교에서 촬영이라니…….

"갑자기 잡혔나 봐. 오늘 학교에 갔을 때랑 똑같이 교복 입고 가방 챙겨서 오라고 했어."

교복과 가방을 그대로 챙겨서 오라는 말을 듣고 나니 어떻게 돌아가는 일인지 알 만했다. 방송국 촬영이라고 하면 학생들은 별다른 생각 없이 즐겁게 학교로 오게 된다. 범인도 채예림이 죽은지는 모르기 때문에 마음 놓고 온다. 살인과 얽힌 증거물이 교복이나 가방에서 나타날지도 모른다. 범인이 빠져나갈 틈을 주지 않고 몰아붙이면 찾아내기도 더 쉽다. 채예림이 죽었다는 말도 빠져 나가지 않는다. 이모가 멋진 수를 썼다.

"그나저나 우리 아들 방송에 나와? 와~! 이 학교로 오자마자 좋은 일이 생기네."

"엄마는 참, 방송에 나온다고 다 좋은 일이야?"

"그럼 좋은 일이지. 우리 아들이 방송에 나온다는데."

엄마는 소녀처럼 활짝 웃었다. 나는 저런 엄마 모습이 참 좋다. 저럴 때마다 엄마를 사랑하지 않을 수 없다. 나는 엄마에게 학교에서 살인사건이 일어났다는 이야기는 꽁꽁 숨겼다.

아침에 이모에게서 조금 빨리 오라는 문자가 왔다. 나는 교복을 입고 어제 학교에 들고 갔던 가방을 그대로 챙겨서 집을 나섰다. 학교에 가니 슬비와 경호원들도 이미 와 있었다. 중앙 현관 앞에는 방송국 차가 두 대 서 있었다. 누가 봐도 방송국에서 나온 모양새였다. 중앙 현관으로 들어가니 키 큰 남자 둘이 목에 방송국 직원임을 나타내는 이름표를 달고 서 있었다. 나를 보더니 남자 가운데 한 사람이 말했다.

"홍경사님이 2층 남자 선생님 휴게실로 오라고 하셨어."

계단을 올라간 뒤 오른쪽으로 꺾어 교무실을 지나갔다. 교무실 안에는 김경아, 안대수, 서빛나 선생님과 이름 모르는 선생님 세 분이 계셨다. 산도적처럼 생긴 행정실 직원도 보였다. 교무실 바로 옆이 남자 선생님 휴게실이었다.

남자 선생님 휴게실은 수사본부였다. 한쪽 벽엔 상황판이 있었는데 학생들 이름, 사건이 일어난 차례, 학교에 남은 선생님들과 알리바이, 내가 어제 이모에게 말해준 이야기, 증거 사진 등으로 빼곡했다. 휴게실 한쪽엔 노트북 컴퓨터 두 대와 복합기, 그리고 처음 보는 전자장비가 몇 대 있었다. 노트북 앞에서 방송국 직원처럼 꾸민 남녀 경찰이 우리가 들어가도 눈을 돌리지 않은 채 일에 고부라져 있었다. 휴게실에 이모는 보이지 않았다. 우리는 휴게실 가운데에 놓인 소파에 앉았다. 잠깐 기다리는데 이모가 투덜거리며 염경장과 들어왔다.

"도대체 학교 교장이란 사람이 애가 죽었는데 어젯밤부터 이제까지 온통 엉뚱한 걱정만 해. 어휴, 정말, 어휴~ 그냥!"

"참으십시오. 교장이야 그럴 수밖에 없겠죠."

뒤따라오던 염경장은 복도 쪽을 힐끗 보더니 문을 재빨리 닫았다.

"그래도 교장이란 사람이, 처음부터 끝까지 학교 이름값 떨어지면 안 된다는 소리만 할 수가 있어?"

이모는 소파에 털썩 주저앉더니 주먹을 부르르 떨었다. 이모는 겉으로 볼 때는 참 얌전한 아가씨처럼 보인다. 얼굴도 어려 보여서 서른 살이라고는 믿지 않는다. 이모는 서른 살이 되는 올해 경사를 달았다. 24살에 순경으로 들어가서 경장을 거쳐 올해 특진을 해서 경사를 달았다. 아무리 남녀 차별이 사라졌다지만 이모처럼 빠르게 진급을 하기는 쉽지 않다. 그만큼 경찰 안에서도 이모 재주를 높이 샀다는 말이다. 부자 동네 중학교에서 벌어진 살인사건은 마음을 많이 쓰면서 다뤄야 한다. 범인이 잡히기도 전에 밖으로 알려져서 뉴스라도 나오는 날엔, 온 나라가 들썩일 만큼 시끄러워질 수 있다. 교장은 그런 일이 벌어질까 두려웠고, 경찰 위쪽에서 이모에게 시끄럽지 않게 수사하라고 시킨 까닭도 교장 걱정과 결이 같다.

이모는 머리 끈을 풀더니 머리를 바짝 뒤로 매만지고는 끈을 다시 묶었다. 이모가 마음을 다잡을 때마다 하는 몸짓이었다. 이모가 머리를 매만질 때 이모 목에 걸린 '홍효정PD'란 이름표가 흔들렸다.

"이모, 잘 주무셨어요?"

슬비가 이모에게 맑게 말을 건넸다.

"이건 저희 집 요리사가 제가 몸에 기운이 없을 때마다 만들어주는 찬데, 드셔보세요."

슬비는 경호원이 들고 있던 보온병을 건네받더니 휴게실 구석에 놓인 종이컵을 가져다가 차를 따른 뒤 이모와 염경장, 그리고 노트북을 만지는 두 사람에게 건넸다. 내 앞에도 찻잔이 놓였다. 슬비가 준 차를 마시자 이모 얼굴이 조금 풀렸다.

"정말 맛있네. 기운이 나. 고마워, 슬비야."

"힘내서 하세요. 그리고 혹시 제가 도울 일 있으면 도울게요."

"말이라도 고마워. 그렇지만 네가 아니고 구산이가 많이 도와 줘야 해."

"제가 도울 일이 뭐죠?"

내가 물었다.

"애들은 9시까지 올 거야. 1층 영어전용교실 네 곳에 애들을 따로따로 있게 한 뒤에 먼저 전화기를 거두고 비밀번호나 잠금 모양을 써서 내게 할 거야. 그러고는 지문을 거둬서 사건 현장에서 나온 지문과 같은지 맞춰 볼 거야. 선생님들 지문은 이미 맞춰봤는데 없었어. 찢어지고 던져진 필기구와 종이에서도 한 사람 지문이 나왔고, 5층 여자 화장실에서 찾아낸 주사기에서도 지문이 나왔어. 사물함에선 지문이 나오지 않았는데 사물함 자물쇠에서 지문 하나가 나왔고, 글씨가 있던 3층 여자 화장실과 여자 선생님 화장실 거울에선 지문을 찾아내지 못했어. 그런데 골치 아프게도 찾아낸 세 지문이 다 달라. 아주 쉽게 일이 풀릴 줄 알았는데 생각보다 꽤나 꼬인 실타래를 풀어야 해. 꼬인 실타래를 풀려면 시간이 많아야 하는데, 우리에게 주어진 시간은 많지 않아. 12시까지 끝내고 애들을 보내야 돼. 교장이 어떻게 했는지 모르지만 위쪽에서 12시까지는 마무리하라고 시키니 나도 어쩔 수 없어. 애들이 조사를 받고 나가면 일은 곧바로 밖으로 알려질 거야. 그러니까 알려지기 전에 일을 끝마쳐야 돼. 그러려면 아주 빠르게 애들에게서 어제 있었던 일을 알아내야 하는데, 나와 염경장은 애들이 누가누군지 알아보다가 오전 시간을 다 보낼지도 몰라. 그리고 나와 염경장은 애들끼리 있었던 일을 모르기 때문에 무엇이 참이고, 무엇이 거짓인지 곧바로 알아차리기 쉽지 않아. 그래서 너도 애들을 조사하는데 들어오면 좋겠어. 들어와서 네가 어제 본 일들을 바탕으로 애들이 거짓말 하지 않게, 핑계대지 못하게 하는 노릇을 해줘야겠어. 무슨 말인지 알았지?"

내가 할 노릇이 아주 컸다. 저절로 어깨가 무거워졌다.

"조사는 바로 옆 상담실에서 할 텐데, 칸막이 쳐진 곳이 세 곳이어서 조사하기에 딱 좋아. 조사를 할 땐 나와 너 두 사람이 들어가고, 카메라가 처음부터 끝까지 찍을 거야. 바로 옆 칸에는 교감 선생님과 학교 쪽 변호사 한 분이 카메라가 찍은 모습과 소리를 그대로 듣고 있을 거야. 너는 옆에 있다가 조사받는 애가 거짓말을 하면 짚어주고, 도움이 될 만한 물음이 있으면 해도 돼. 그리고 어제도 말했지만, 중학교 3학년 학생들을 잘못 다그쳤다가는 큰 아픔을 줄 수도 있으니까, 너무 다그치거나 몰아붙이는 말은 가려서 해. 이모가 무슨 말 하는지 알지?"

"잘 알아들었어, 이모."

이모는 남은 차를 쭉 마시더니 내 손을 꼭 잡았다가 놓았다.

"터놓고 말해서, 이모는 널 이런 일에 끌어들여도 되는지 잘 모르겠어. 너는 이 학교에 쭉 다녀야 하고…, 아직 열여섯밖에 안 됐는데… 언니가 알면 뭐라고 할지…."

이모가 걱정스럽게 말했다.

"걱정 마, 이모. 이모가 몰라서 그러는데 나 이런 일 좋아해. 내 꿈이 프로파일러인데 프로파일러를 꿈꾸는 학생들 가운데 이런 일을 겪어본 학생이 누가 있겠어. 그러니 나에겐 오히려 기회지. 앞으로 애들과 지내는데도 오늘 일이 더 많이 도움이 되고, 나나 이모가 말 안 하면 엄마는 이런 일이 일어났는지도 몰라."

"알았어. 좋아! 잘 해보자."

그때 이모 전화기가 울렸다.

"애들이 온다고? 미리 말해둔 대로 교실에 들어가게 해."

이모는 자리에서 일어났다.

"염PD님! 잘 하세요."

"네! 홍PD님."

염경장이 빠른 걸음으로 나갔다.

"나는 조사실로 갈 거야. 너는 여기서 기다렸다가 내가 오라고 하면 옆방으로 와."

"나도 1층 교실로 가야 하지 않아?"

"아니, 그냥 있어. 교실 네 곳에 따로 따로 애들을 있게 한 뒤에 서로 만나지 못하게 할 거라 네가 있는지 없는지 모를 거야. 너는 여기서 기다리면서 어떻게 하면 빨리 진짜 범인을 찾아낼지 생각해."

이모는 나를 휴게실에 두고 옆방으로 갔다.

시계를 보니 아침 8시 40분이었다. 나는 가만히 앉아 어제 일을 곰곰히 되짚었다. 아주 작은 몸짓, 말투까지 꼼꼼하게 떠올렸다. 내가 깊은 생각에 빠져들었음을 안 슬비는 옆에 앉아서 아무 말도 하지 않고 기다려주었다.

9시10분이 되자 염경장이 작은 상자 다섯 개를 들고 들어왔고, 나와 슬비는 자리에서 일어났다. 염경장은 상자를 책상 위에 놓은 뒤 상자 하나를 열고 종이 뭉치를 꺼냈다.

"학생들 지문이야. 빨리 맞춰 봐."

염경장이 종이 뭉치를 컴퓨터 쪽에 앉은 경찰 한 명에게 건넸다.

"박순경은 이쪽으로 와서 나 좀 도와줘."

염경상은 박순경과 함께 나머지 상자에서 선화기를 꺼냈다. 선화기는 봉투에 담겨 있었는데 봉투 겉에는 이름과 더불어 잠금 번호와 모양이 적혀 있었다. 봉투에서 전화기를 꺼낸 뒤 봉투를 바닥에 깔고 그 위에 전화기를 놓았다.

"제가 도와드릴까요?"

"그럼 좋지."

나와 슬비는 염경장과 박순경을 도와 전화기를 모두 꺼내서 책상에 펼쳐 놓았다. 전화기는 모두 서른네 대였다.

"이걸 두 시간 안에 모두 뒤져야 되다니. 빨리 하라고 다그치기만 하고 사람은 제대로 보내주지도 않고. 휴~!"

염경장이 한숨을 내쉬었다.

그때 이모에게서 옆방으로 오라는 전화가 왔다.

"저는 가볼게요."

"구산아 잘해!"

슬비가 주먹을 꽉 쥐어 보이며 말했다.

"스마트폰 뒤지는 일은 그리 어렵지 않을 듯한데, 제가 도와드려도 되나요?"

　문을 열고 나가는데 슬비가 염경장에게 하는 말이 들렸다.

텅 빈 사물함

진학상담실 앞에서 기다리던 경찰이 이끄는 대로 안으로 들어가 칸막이로 만든 가장 안쪽 방으로 갔다. 칸막이 방 안에는 신경수와 백승우가 나란히 앉아 맞은편에 있는 이모와 얘기를 나누고 있었다. 나는 그 사이에 자리 잡았다. 카메라가 둘인데 하나는 이모를, 다른 하나는 백승우와 신경수를 찍었다. 나는 두 카메라 끝에 살짝 나오는 자리였다. 이모는 책상 위에 거치대를 놓고 스마트폰을 올려놓았다. 스마트폰 화면이 이모 쪽이었는데 가끔 이모는 스마트폰으로 문자를 보냈고, 문자가 올 때는 스마트폰이 떨렸다. 내가 자리에 앉자, 이모는 곧바로 신경수와 백승우에게 물었다.

"시간이 많지 않으니 바로 들어가자. 박현규에게 넘기려던 액상 니코틴, 어디 있어?"

이모 물음을 받은 신경수와 백승우는 깜짝 놀라며 서로를 마주 보더니, 다시 이모 쪽을 봤다.

"액상 니코틴을 구해서 박현규에게 돈 받고 넘기려고 했잖아? 다 아니까 액상 니코틴이 어디 있는지 말해."

"무슨 말씀이세요?"

신경수가 두꺼운 얼굴로 떨림을 감춘 채 말했다.

이모가 나를 봤다. 나는 이모가 무엇을 바라는지 알았다.

"내가 얘기해 줬어."

내 말을 들은 신경수와 백승우가 나를 봤다. 나는 눈을 가늘게 뜨고 둘을 지그시 째려 봤다. 내 눈과 마주치자 둘 다 내 눈을 피했다. 신경수는 백승우를 잇따라 보며 백승우기 어떻게든 해주길 바라는 눈치였지만, 백승우는 입을 일그러뜨리고 고개를 살짝 숙인 채 가만히 있었다.

"내가 경찰인지는 이미 알지?"

"네."

신경수가 겁먹은 목소리로 말했다.

"만약 너희들이 액상 니코틴이 어디 있는지 말만 한다면 그 잘못은 크게 따지진 않겠어. 그러나 끝까지 숨기면 영장을 받아서 너희 집을 뒤져야 하고, 어떤 나쁜 짓을 저질렀는지 모조리 알아낸 뒤에 이제까지 저지른 죄를 모두 물을 수밖에 없어. 어떻게 할래? 어디 있는지 말하고 끝낼래, 아니면 모조리 다 밝혀진 뒤에 죗값을 치를래?"

이모가 둘을 번갈아 봤다.

"그게 저 ……."

신경수가 입을 열까 말까 망설이는데 백승우가 갑자기 나섰다.

"경찰이 액상 니코틴이 어디 있는지 왜 찾죠?"

낮았지만 대찬 말투였다. 어찌할 바를 모르고 묻는 말에만 대꾸할 줄 알았는데 저렇게 물어오다니 뜻밖이었다.

"너희가 박현규에게 넘기려던 액상 니코틴이 사람을 죽이는 데 쓰였기 때문이지."

말을 듣자마자 둘 다 깜짝 놀랐다.

"누가…죽었…죠?"

백승우가 물었고,

"채예림."

이모가 말했다.

신경수도 백승우도 얼굴빛이 노랗게 바뀌었다.

"만약 액상 니코틴이 어디 있는지 말하지 않으면, 나는 너희 둘을 채예림 살인 용의자로 여기고 너희가 저지른 모든 잘못을 샅샅이 파헤쳐야 돼. 너희가 박현규에게 넘기려던 액상 니코틴이 어디에 있는지 꾸밈없이 털어 놔."

"저희한테 없어요. 저희도 몰라요."

신경수가 재빨리 말했다.

"그렇게 발뺌한다고 끝날 일이 아니야."

신경수가 백승우 눈치를 힐끗 보더니 말을 꺼냈다.

"액상 니코틴을 채예림이 가져갔는데… 없어져서…찾으러 갔는데… 그래도 없어서…."

신경수가 하는 말은 앞뒤가 없어서 무슨 뜻인지 알아듣기 힘들었다.

"뒤죽박죽 이야기하지 말고, 처음부터 차근차근 말해."

"그러니까 그게…갔는데 없어져서…저희는 그냥 어쩔 줄 몰라서……."

"그만! 내가 이제부터 하나씩 물을 테니까 그에 맞게만 말해. 알았지?"

시간이 별로 없었지만 이모는 차근차근 하나씩 물었고, 그때서야 신경수는 제대로 말을 했다. 이모와 신경수가 나눈 이야기를 바탕으로 액상 니코틴과 얽힌 이야기를 엮으면 다음과 같다.

지난 주, 박현규가 전자담배를 만드는 액상 니코틴을 찾았다. 백승우는 신경수가 인터넷에서 살 줄 안다고 말하고는 신경수가 구해주도록 할 테니 돈을 달라고 했다. 박현규는 기꺼이 돈을 준다고 했고, 신경수는 백승우 말에 따라 인터넷에 액상 니코틴을 구했다. 이번 주 수요일, 박현규는 백승우에게 돈을 넘겼고 백승우와 신경수는 그 돈을 신나게 썼다. 목요일에 신경수가 박현규에게 액상 니코틴을 넘기고 남은 돈을 받기로 했다. 아침에 액상 니코틴을 가져 온 신경수는 사물함에 액상 니코틴을 넣어두었고 점심 때 박현규에게 넘겨주려 했다.

그런데 점심을 먹고 와서 사물함을 보니 사물함 안에 두었던 액상 니코틴이 사라지고 없었다. 돈은 받았는데 박현규에게 액상 니코틴을 넘기지 못하게 되자 박현규는 백승우와 신경수를 엄청 몰아세웠다. 돈은 이미 써버려서 돌려줄 수도 없고, 액상 니코틴은 사라져 버렸으니 백승우와 신경수는 어쩔 줄 몰라하며 액상 니코틴을 애타게 찾았다. 그제 밤, 신경수는 채예림 단짝이자 제 짝꿍인 송은교로부터 액상 니코틴을 채예림이 가져갔다는 얘기를 듣는다. 어제 아침부터 둘은 어떻게 하면 채예림에게서 액상 니코틴을 받아낼까 머리를 굴렸고, 채예림에게 말도 했지만 채예림은 꿈쩍도 안했다. 여느 때 같으면 채예림은 선생님께 이 일을 알렸을 텐데 까닭은 모르지만 선생님께 이르지 않고 무엇을 해 줄 수 있냐고 물었고, 신경수와 백승우는 뭐라고 대꾸를 못한 채 학교 수업이 끝난다. 채예림이 같은 모둠과 교실에 있을 때 둘은 운동장에 남아서 어떻게 할지 머리를 맞댔다. 내가 본 모습이었다. 오후 여섯시 쯤 채예림과 같은 모둠인 애들이 나오자 채예림도 나올 줄 알고 기다렸다. 그렇지만 다른 애들은 다 나왔는데 채예림만 나오지 않자 6시 25분에 교실로 올라갔다.

"교실은 어떤 모습이었어? 채예림 책과 공책이 마구 찢겨진 채 흐트러져 있지 않았어?"

"아뇨!"

"채예림은?"

"책상에 엎드려서 가만히 자고 있었어요. 교실에 들어가서 채예림을 깨웠어요. 처음엔 이름을 불렀고, 그 다음엔 흔들어 깨웠는데 꿈쩍도 안 했어요."

"혼수상태에 빠졌든?"

"아뇨. 흔들어도 일어나지 않기에 저희도 겁을 집어먹고 코에 손을 댔는데 멀쩡하게 숨을 쉬었어요. 얼굴빛도 좋고 숨도 고르게 쉬었어요. 그냥 진짜 깊이 잠든 듯 보였어요."

"그래서, 너희는 어떻게 했어?"

"액상 니코틴을 찾으려고 채예림 책가방을 뒤지고, 책상 서랍을 봤는데 없었어요. 주머니에서 찾은 사물함 열쇠로 사물함을 열었는데, 거기에도 액상 니코틴은 없었어요."

"정말 없었어?"

"네!"

"그 다음엔?"

"그때 갑자기 황지영 목소리가 들렸어요. 통화를 하는 목소리였는데 엄청 컸어요. 황지영이 교실 쪽으로 오는 줄 알고 들킬까 봐 얼른 뛰어 나갔어요."

"니간 뒤엔?"

"중앙 계단을 거쳐 운동장으로 뛰어 나가서 보니 황지영이 씩씩거리며 뛰듯이 걸어갔고, 그 뒤로 주영민, 류혁재, 윤병인이 어울리며 나갔어요."

그때 내가 끼어들었다.

"허수민이나 문가영은 못 봤어?"

"운동장에 있을 때까진 못 봤어. 우린 애들이 나가는 모습을 보고는 잠깐 더 있다가 빠져 나갔으니까."

"운동장에서 현관을 지켜봤을 때 다른 애들이 학교로 들어가는 모습은 못 봤어?"

신경수가 머리를 긁적이는데, 옆에서 듣고만 있던 백승우가 착 가라앉은 말투로 말했다.

"연지아가 나왔다가 5시 40분쯤에 비닐봉지를 들고 오른쪽 계단 문으로 들어갔어."

우리 학교 건물 문은 세 개다. 가운데 중앙 현관이 있고, 건물 오른쪽 끝과 왼쪽 끝에 문이 하나씩 있다. 쓰레기통에 아이스크림을 먹고 남은 쓰레기만 있다고 했으니, 연지아가 들고 들어간 비닐봉지에는 아이스크림이 담겼을 것이다.

"다른 애들은 못 봤어?"

"우린 채예림이 나올 만한 곳인 중앙 현관이랑 오른쪽 문을 뚫어져라 봤는데 아무도 들어가지 않았어."

"중앙 현관이랑 오른쪽 문만 봤다면, 누가 왼쪽 문으로 들어갔어도 못 봤겠네?"

"그렇…겠지."

백승우가 머뭇거리며 말했다. 그때 이모 스마트폰이 작게 떨렸다. 스마트폰을 본 이모가 나에게 살짝 보여줬다. 염 경장이 옆 교실에서 보낸 문자였다.

🗨 신경수, 백승우, 박현규 스마트폰 살핀 결과

1. 신경수, 백승우, 박현규, 액상 니코틴을 사고 팔려 함.

2. 사물함 자물쇠에서 나온 지문은 신경수

2. 채예림이 액상 니코틴 몰래 가져간 듯함.

3. 어제 7시 이후에도 액상 니코틴에 관한 이야기를 많이 나눔.

☞ 신경수 백승우는 액상 니코틴을 채예림에게서 찾으려 했으나 그러지 못함.

신경수와 백승우가 한 말은 거의 다 참인 듯했다. 둘이 한 말을 바탕으로 어제 일어난 일을 시간별로 간추리면 다음과 같다.

시간별로 일어난 일

- 5시 40분 : 연지아가 아이스크림을 사들고 들어갔다.
- 6시 00분 : 채예림과 같은 모둠인 애들은 모두 밖으로 나왔다.

  (연지아, 곽민기, 나일현, 권태형, 한수연)

  채예림은 밖으로 나오지 않았다.
- 6시 25분 : 신경수와 백승우가 액상 니코틴을 되찾으러 교실로 왔을 때

  채예림은 깊은 잠에 빠져 있었다.

  교실은 깨끗했다.

  액상 니코틴은 없었다.
- 6시 30분쯤 : 황지영 목소리가 들렸다.

  황지영, 주영민, 류혁재, 윤병인이 학교를 빠져나갔다.

  허수민과 문가영은 그때까지 건물 밖으로 나가지 않았다.
- 7시 20분 : 김경아 선생님이 올라왔을 때 채예림은 숨쉬기 어려운 상태였다.

수면제는 채예림과 같은 모둠인 학생 가운데 한 명이 넣었다. 모둠이 끝나기 바로 전에 수면제를 채예림에게 먹였고, 채예림은 머리가 어지럽고 졸려서 다른 애들과 같이 나오지 못하고 교실에 남았다. 채예림으

로서는 잠깐 쉬었다 가려는 뜻이었겠지만, 잠을 이겨내지 못하고 책상에 엎드려 잠이 든다. 그렇다면 6시 30분 뒤에, 잠든 채예림 몸에 니코틴을 집어넣은 사람은 누굴까? 액상 니코틴은 누구 손에 들어갔을까?

액상 니코틴을 넣은 이가 누군지는 모르지만 채예림이 어떻게 수면제를 먹었고, 수면제를 누가 먹였는지는 거의 드러났다. 액상 니코틴을 넣은 이가 수면제까지 손에 넣었을지도 모른다. 물론 아닐 수도 있다.

이모가 애늘을 다독이며 밖으로 내보내려고 할 때, 내가 한 가지 더 물었다.

"혹시, 채예림 가방이나 옷 뒤질 때, 채예림 전화기 봤어?"

"난… 모르겠어."

신경수는 곧바로 말했고, 백승우는 잠깐 생각하더니 느리게 고개를 저었다.

"잘 떠오르진 않는데, 아마, 없었을 거야. 책상 위에도 없었고, 주머니에서 사물함 열쇠를 찾았는데, 그때도 전화기는 보이지 않아."

백승우 말이 끝나고 둘은 밖으로 나갔다. 밖에서 기다리던 경찰이 둘을 데리고 나갔다.

"연지아가 범인이라고 보니?"

이모가 나에게 물었다.

"액상 니코틴은 모르지만 수면제를 넣은 애는 연지아가 맞아."

"나도 그렇게 보기는 해. 그렇지만 잠들기 전에 액상 니코틴이 채예림에게 있었다고 본다면, 액상 니코틴을 가져갈 틈은 6시부터 6시 30분 사이야. 그 사이에 누가 가져갔겠지. 그런데 그때 연지아는 학교 건물 밖으로 나갔어. 애들과 어울려 나갔고, 다시 들어가지 않았어. 물론 다른 문으로 들어갈 수도 있었겠지만 그러기엔 시간이 너무 없어. 밖으로 애들과 나갔다가 다시 몰래 들어오기엔 시간이 빠듯해."

"이모 말이 맞아. 그렇지만……."

그때 다시 이모 스마트폰이 떨렸고, 스마트폰을 본 이모가 나에게 문자를 보여줬다. 문자엔 내가 생각한 이름과 생각지도 못한 이름이 함께 있었다.

"연지아랑 다른 애를 같이 불러야겠네. 그리고 그 둘보다 이 학생을 먼저 불러야겠다."

3·9

나는 네 편이야

　채예림이 죽었다는 말을 듣고도 얼굴빛이 바뀌지 않았다. 잘못 보았
는지도 모르지만 반기는 느낌마저 들었다. 아무리 사이가 안 좋았다 하
더라도, 어제까지 얼굴을 맞대고 살았던 같은 반 애가 살해당했다는데
아무렇지 않은 얼굴을 지어내는 저 속을 헤아리기 힘들었다. 설마 제 손
으로 채예림 몸에 액상 니코틴을 넣었기에 아무렇지 않을까? 그럴 리
는 없다. 3층 화장실 두 곳에 쓴 글씨는 죽일 뜻이 없었음을 보여준다.
죽일 뜻이 없는데 죽었다면 살해당했다는 말을 들었을 때 조금이라
도 흔들리기 마련이다. 어쩌면 저 얼굴빛은 내가 죽이지 않았다는 떳떳
함과, 늘 다투던 애가 사라졌다는 후련함이 뒤섞여 지어낸 뻔뻔함일지
도 모른다.

　"친구가 죽었다는데… 아무렇지 않나 보네?"

　이모가 물었다.

　"친구 아니에요. 그냥 같은 반이었을 뿐."

차가웠다.

"그리고 죽음을 꼭 슬퍼할 까닭은 없어요. 어떤 문화권에서는 죽음을 반기기도 하잖아요."

아무리 싫은 애가 죽었다 해도 어떻게 저런 어처구니없는 논리까지 끌어당길까? 꽁꽁 언 마음이 무섭기까지 했다. 처음 봤을 때는 따뜻함과 상냥함을 느꼈는데, 설마 사이코패스란 말인가?

"네 말을 들어보니 마치 채예림이 죽을 줄 알았다는 투로구나."

"걔를 미워하는 애들이 정말 많았으니까, 죽이고 싶은 애들도 있겠죠."

채예림이 죽어서 속 시원하고, 채예림 됨됨이를 업신여기고 깔보는 마음이 말투에 그대로 묻어났다. 삐뚤어진 마음이 얼굴 가득 거리낌 없이 드러났다. 그리고 저 말투와 얼굴빛은 거짓말을 하고 있음을 보여주기도 한다. 거짓말을 자주 하는 사람은 남을 업신여기고 깔보는 말투와 얼굴빛을 종종 짓는다.

"너도 죽이고 싶은 애들 가운데 한 사람 아니니?"

이모가 깊숙이 찌르고 들어갔다.

"아니까, 그런 식으로 몰아가지 마세요."

몸을 뒤틀더니 손으로 얼굴을 한 번 쓰다듬었다. 차갑게 이모를 바라보던 눈동자도 살짝 흔들렸다. 거짓말이었다. 사이도 안 좋고, 저렇게 차가움을 온통 두른 애가 채예림을 죽이고 싶지 않았을 까닭이 없다. 정말 죽였는지 아닌지는 모르지만 죽이고 싶은 마음은 그 누구보다 컸다.

"어제, 수업 끝나고 남아서 국어 수행 때문에 모둠끼리 모였다고 들었어.”

“네. 했죠.”

“5시부터 어떻게 시간을 보냈는지 말해줄래?”

“종례 끝나고 곧바로 6층 물리지구과학실험실로 올라간 뒤에 거기서 벗어난 적이 없어요. 애들도 마찬가지구요.”

“몇 시까지 있었어?”

“6시 30분쯤.”

“그 사이에 정말 아무도 밖으로 안 나갔어? 너도?”

“주영민이랑 문가영이 화장실 간다고 잠깐 나갔다 왔어요. 저는 끝날 때까지 나간 적이 없어요.”

“둘이 몇 시쯤 화장실에 갔어?”

“글쎄요. 그때가 끝나기 얼마 전이었으니까, 6시부터 6시 30분 사이쯤이 아닐까 싶네요.”

“밖에서 지켜본 애들에 따르면 6시 30분이 조금 지나서 황지영, 주영민, 류혁재, 윤병인이 학교를 빠져나갔을 때 너는 보이지 않았다고 하던데 그 시간에 어디 있었어?”

“물리지구과학실험실에서 마저 마무리하고 내려갔어요.”

“교실에 들르지 않았단 말이지?”

“네!”

“정말?”

“제가 거짓말이라도 한다는 뜻인가요?”

낮지만 드세게 대들었다.

"이 자리에서 거짓말을 하면 너한테 좋지 않아."

"……!"

"정말 교실에 들르지 않았니?"

이모가 거듭 물었지만 그 애는 입을 앙다물고 이모를 노려볼 뿐이었다.

잠깐 그 눈빛을 그대로 마주보던 이모는 앞에 놓인 스마트폰을 들어서 그 애가 보게 앞으로 내밀었다. 스마트폰에 단단히 박힌 글자가 여학생 눈으로 들어갔다.

💬 **찢겨진 공책과 책, 버려진 학용품에서 찾아낸 지문과 똑같은 지문 있음. 이름은 허수민**

허수민 눈동자는 누가 봐도 알아 볼 만큼 심하게 흔들렸다. 책상 위에 올려놓은 손이 제자리를 찾지 못하고 허둥거렸다. 보기 안쓰러워 한마디 건넸다.

"이럴 때일수록 참말만 해야 너한테 좋아."

내 말을 듣자마자 허수민이 나를 잡아먹을 듯 노려봤다.

"작은 거짓말로 넘기려 하지 마. 그랬다간 더 안 좋은 일만 생겨. 거짓말을 하는 사람은 범인으로 몰릴 수도 있어."

걱정스러워서 한 말이었지만 허수민은 그렇게 받아들이지 않았다. 눈 둘레가 바르르 떨리고, 입술이 씰룩거리더니 손톱을 곧추 세워 책상을 긁었다.

"네가 뭔데…, 네가 뭔데…."

처음엔 작은 웅얼거림이었다.

"네 따위가 뭔데…, 거기 앉아서 나한테 이래라 저래라 그래? 넌 뭐야?"

허수민이 책상을 쾅 내리치고 소리를 버럭 지르며 일어섰다.

이모도 나도 화들짝 놀랐다. 손에 무어라도 들렸다면 나에게 휘두를 듯했다. 갑작스럽게 벌어진 일에 어찌할 바를 모르는데 문이 딜컥 열리며 교감 선생님이 들어왔다.

"뭔 일입니까? 홍경사님!"

무슨 일이라도 저지를 듯했던 허수민은 교감 선생님이 들어오자 입술을 앙다물며 다시 자리에 앉았다. 그러나 끓어오르는 노여움을 누르기는 쉽지 않아 보였다. 저러다 내리 누르는 힘이 치밀어 오르는 기운에 밀리면 걷잡을 수 없는 소용돌이에 휘말려든다. 김을 빼야 하는데, 교감 선생님은 이럴 때 도움이 되지 않는다.

"교감 선생님은 나가 계십시오. 제가 잘못을 저지르면 들어오세요."

이모가 딱 부러지게 밀어붙이자, 교감은 어쩔 수 없이 물러났다.

어제 학교에서 봤을 때와 달라도 너무 다른 허수민 모습에 내 머리는 뒤죽박죽이었다. 부드러움과 따스함이 묻어나는 겉모습과 달리, 스스로도 어찌할 수 없는 노여움을 속에 담고 살아가기가 얼마나 힘들었을지 어림만 해도 참 안쓰러웠다. 어제 교실에서 허수민이 저지른 짓이 무엇인지 눈앞에서 펼쳐지듯 훤했다.

깨워도 일어나지 않는 채예림을 보고 처음에는 깨우려고 흔들지만,

큰일이 난 줄 알고 겁을 먹고 숨을 쉬는지도 알아보지만, 그냥 깊이 잠들었을 뿐임을 알고는 제 손에 채예림이 들어왔다는 생각이 든다. 무엇을 하든 채예림이 알지 못하리란 생각이 들자, 그때까지 채예림에게 쌓였던 노여움이 걷잡을 수 없이 터져 나온다. 노여움이 휘몰아치자 스스로도 어쩌지 못할 만큼 거세지면서 손에 잡히는 대로 찢고 던진다.

허수민을 저대로 두면 무슨 짓을 저지를지 모른다. 무엇보다 허수민 같은 애가 남들 보는 데서 미친 짓을 하고 나면 스스로 견디지 못하고 안에서 무너져 버릴지도 모른다. 노여움이 걷잡을 수 없이 터지기 전에, 사람됨을 이루는 기둥이 무너지기 전에, 김을 빼야 한다.

"딱 하루였지만 내가 보기에도 채예림이 참 못됐더라. 딱 하루여도 그렇게 꼴 보기 싫은데, 몇 년째 당하는 너는…, 정말 힘들었겠지."

허수민을 달래려는 말이기도 했지만 내 참마음이기도 했다. 채예림 같은 애와 몇 년째 다투면서 살기는 결코 쉽지 않다. 채예림과 다투다 보면 분노조절장애도 생길만했다.

"누군가를 미워하는 마음이 잘못은 아니야. 채예림은 미움 받을 만한 짓을 했고, 너는 미워해도 괜찮아."

허수민 눈에서 물기가 차올랐다.

"넌 채예림을 죽이지 않았어. 그냥 그동안 쌓였던 억울함을 터트렸을 뿐이야. 그렇게 했다고 널 욕할 사람은 아무도 없어. 그럴만했으니까."

억울함과 걱정과 서러움이 뒤섞여 두 볼을 타고 흘렀다. 한번 터진 눈물은 쉬지 않고 흘렀고, 마침내 큰 울음으로 번졌다. 애써 감추고 막고 눌렀던 둑이 터지면서 열여섯 살 소녀는 태어나서 처음으로 남들 앞에서 속 시원히 울었다.

가만히 지켜보던 이모가 자리에서 일어나 허수민 옆으로 오더니 어깨를 쓰다듬고는 꼭 껴안았다. 허수민은 몸을 반쯤 틀어 이모에게 안긴 채 서럽게 울었다. 그렇게 허수민은 한참 동안 눈물과 아픔을 토해냈다. 깊은 곳에 잠겼던 설움과 아픔이 울음에 실려 빠져나간 뒤에야 허수민은 이모 품에서 벗어났다. 울음을 그친 허수민은 얼굴에 묻은 눈물을 닦고, 물을 한 잔 마시고, 머리카락을 매만졌다. 이모는 허수민 등을 토닥거리고는 제자리로 돌아갔다.

"이제, 어제 무슨 일이 있었는지 얘기해 줄 수 있겠니?"

허수민은 깊이 숨을 들이마셨다.

"조금 더 기다려줄까?"

"아니…에요."

단단한 벽이 허물어지자 칼 같은 목소리는 봄바람처럼 부드럽게 바뀌었다.

"모임이 끝날 때까지 저는 물리지구과학실험실을 벗어난 적이 없어요. 아까도 말씀드렸듯이 문가영과 주영민이 잠깐 화장실 간다고 다녀오기만 했을 뿐 다른 애들도 밖으로 나간 적이 없어요. 모임이 끝날 때쯤 황지영이 스마트폰을 만지다가 갑자기 버럭 성을 내며 나갔어요. 전화를 걸더니 마구 욕을 쏟아냈어요. 그때 미술 선생님이 '야 틴트, 황지영! 시끄럽게 굴래!' 하며 크게 야단치는 소리가 들렸어요. 황지영이 전화를 걸며 나간 뒤 주영민, 류혁재, 윤병인이 함께 어울려 빠져나갔어요. 저는 모임에서 나온 얘기를 갈무리 하느라 남았는데, 문가영도 전화기를 한참 만지작거리다가 뒤늦게 나갔어요. 문가영이 나간 뒤에 물리지구과학실험실 문을 잠그고, 로봇전자공학실험실에 계신 안대수 선생님께 열쇠를 드리고 아래층으로 내려갔어요. 중앙 계단으로 내려가다가 우리 반 교실 앞 복도에 서서 교실을 들여다보는 문가영을 봤어요. 뭔지 모르지만 문가영에게 들키면 안 된다는 생각에 몸을 숨긴 채 지켜보았는데, 한참 교실을 들여다보던 문가영이 화장실 쪽 복도로 걸어가더니 계단을 타고 내려갔어요. 다시 문가영이 올지 몰라서 조금 더 기다렸다가 교실로 갔어요."

"채예림이 엎드려 자는 모습을 봤니?"

"네. 처음엔 그냥 가려고 했어요. 깨워주기도 싫었고, 저렇게 자다가 오늘 하루 공부도 못하고 망치길 바라는 마음이었어요."

말을 하면서 허수민 눈이 젖어들었다.

"미우면 나도 그런 생각이 들 거야. 그래도 너는 안으로 들어가서 깨웠잖아."

내가 말했다. 허수민을 달래려고, 말을 잘 이끌어내려고 던진 말이 아니었다. 내 참마음이었다. 허수민이 나를 힐끗 보고는 이야기를 이어갔다.

"아무리 미운 애여도 그렇게 늦은 때까지 교실에서 자는 모습이 안쓰러웠어요. 깨워주고 싶었죠. 그래서 엎드려 자는 채예림을 흔들어 깨웠는데 일어나지 않았어요. 꿈쩍도 안 했죠. 처음엔 잘못되었나 싶어 놀랐는데 코에 손을 대보니 고르게 숨을 쉬었어요. 그 뒤론 마음 놓고 자는 채예림을 지켜봤어요. 처음엔 아무렇지 않았는데 점점 못된 생각이 꿈틀거렸어요. 아무도 없는 교실, 무슨 짓을 해도 내가 했는지 모른다는 생각이 들었죠. 채예림이 저에게 함부로 했던 짓들, 채예림이랑 수없이 다투었던 일들이 떠오르자 갑자기 속이 부글부글 끓어올랐고, 제 자신을 저도 어쩌지 못할 만큼 노여움이 일었고, 채예림을 어떻게 해버리고 싶다는 못된 생각이 저를 집어삼켰어요. 그 뒤론 잘 떠오르지 않아요. 그냥 손에 잡히는 대로 찢고, 던졌어요. 그렇게 한참 하고 나니 마음이 가라앉았고, 제가 저지른 짓에 놀라서 서둘러 밖으로 나갔어요."

되돌리고 싶지만 되돌릴 수 없는 안타까움을 가득 담은 작은 눈물 한 방울이 볼을 타고 또르르 굴렀다.

"네가 교실을 나간 때가 몇 시인지 아니?"

"제 스스로도 놀라서 정신없이 뛰어나가서 시간은 잘 몰라요. 그렇지만 제가 과학 선생님께 열쇠를 드린 시간이 6시 35분이었으니까, 내려와서 문가영을 보고 교실에 들어간 시간까지 따져보면 아무리 늦춰 잡아도 6시 45분쯤이었을 거예요."

신경수와 백승우가 하는 말은 뒤죽박죽이어서 잘 헤아리기 힘들었고, 다 믿을 수도 없었다. 그러나 허수민이 꼼꼼하게 말을 해준 덕분에 밝혀야 할 일이 일어난 시간이 뚜렷해졌다.

- 5시 40분~6시 00분 : 연지아가 아이스크림에 수면제를 넣어 채예림을 잠재웠는가?
- 6시 00분~6시 25분 : 채예림이 지닌 액상 니코틴을 누가 훔쳤는가?
- 6시 45분~7시 20분 : 누가 주사기로 채예림 몸에 액상 니코틴을 넣었는가?

이모가 허수민을 다녹인 뒤 내보내려고 할 때, 문득 묻고 싶은 말이 떠올랐다.

"문가영과 주영민이 모임을 하다가 화장실에 다녀왔다고 했는데, 그때 이야기 좀 해 줄래?"

나가려던 허수민이 문 앞에 멈춰 섰다.

"6시 조금 넘은 때였을 텐데, 문가영이 먼저 화장실로 갔어. 문가영이 나간 뒤 주영민이 똥이 마렵다면서 호들갑을 떨었어. 둘 다 화장실 가면 모임이 잘 안 될까 봐 내가 주영민한테 문가영이 온 뒤에 가라고 했는데, 몸을 배배 꼬면서까지 얼굴을 찡그려서 다녀오라고 했어. 주영민이 나가고 몇 분쯤 있다가 문가영이 왔고, 다시 몇 분 뒤에 주영민이 돌아왔어."

문가영과 주영민, 이제까지 밝혀진 대로라면 문가영과 주영민이 액상 니코틴을 손에 넣을 틈이 있었다. 그런데 문가영과 주영민은 채예림이 액상 니코틴을 가지고 있는지를 알았을까? 둘 다 6층 물리지구과학

실험실에서 모임을 하다가 5층으로 내려올 까닭이 없었다. 어쩌다 내려와서 깊이 잠든 채예림을 보고 액상 니코틴을 훔칠 생각을 했다고 하기엔 무언가 앞뒤가 안 맞았다. 그리고 문가영은 복도에서 채예림이 잠든 모습을 보고 무슨 생각을 했을까? 허수민이 간 뒤에 문가영은 다시 교실로 돌아왔을까?

"더 물어볼 말 없니?"

허수빈이 생각에 빠진 나를 깨웠다.

"아, 응, 없어. 고마워."

"나야말로 고마워."

"뭐가?"

"내 마음을 알아준 사람, 네가 처음이야. 가려진 나를 드러내기가 부끄러웠는데 실컷 울고 나니 속이 시원했어."

"그렇구나."

"이 고마움은 나중에 꼭 갚을게."

나는 오른손을 살짝 들었다가 내렸다.

허수민이 나가고 이모가 다시 자리에 앉았다.

"잘했어. 허수민이 그럴 때 어떻게 할 줄 몰랐는데, 네가 정말 큰 도움이 되었네."

나는 말없이 어깨만 으쓱했다.

"이제 허수민 때문에 미루었던 두 여학생을 불러야겠구나."

정글에서 살아남기

채예림이 죽었다는 말을 들었을 때 허수민은 아무렇지 않았을 뿐 아니라 반기는 느낌마저 들었다. 그러나 연지아와 주현희는 달랐다. 둘은 지나치게 놀랐고, 어쩔 줄 몰라 했다. 새파랗게 질린다는 말이 그지없이 잘 맞아떨어지는 얼굴빛이었다. 떠느라 말도 제대로 못했다.

"말하기 힘든 듯하니 내가 알려줄게. 어제 오후 5시 40분, 연지아 학생이 비닐봉지를 들고 중앙 현관으로 들어가는 모습을 백승우와 신경수가 봤어. 비닐봉지 안에는 아이스크림이 들었겠지. 5층 여학생 화장실에서 주사기를 찾아냈는데, 주사기에선 채예림을 잠에 빠뜨린 수면제와 똑같은 수면제가 나왔어. 주사 바늘에는 교실 쓰레기통에 있던 아이스크림과 같은 아이스크림이 묻어 있었고, 주사기에서 주현희 학생 지문이 나왔어. 교무실에 있는 김경아 선생님 책상 서랍과 수면제 봉지에서도 주현희 학생 지문이 나왔고."

주현희와 연지아가 지나치게 떨어서 불쌍해 보였다.

"우리가…왜…그 짓을…해요? 그런 짓을 … 할 까닭이 … 없는데……."

주현희가 있는 힘을 쥐어짜며 말했다.

이모는 어깨를 으쓱하더니 나를 봤다. 내가 본 모습을 얘기해 줘야 할 때였다.

"채예림 휴대전화 때문이지."

내가 말했다.

"휴…대…전화?"

주현희였다.

"모른 척하니까 다 얘기해 줄게. 주번인 너는 체육시간을 앞둔 점심시간에 교실에 마지막까지 있었어. 애들이 모두 체육관에 갔다고 생각한 너는 사물함에 있는 임세연 전화기를 몰래 꺼내서 황지영을 까는 글을 SNS에 올렸어. 그런데 재수 없게도 때마침 교실로 되돌아온 채예림에게 들켰고, 사진까지 찍혔지. 너는 채예림에게 사진을 지워달라고 말했지만 채예림은 들어주지 않았어. 내가 그 모습을 모두 봤어. 너는 몹시 골치가 아팠겠지. 만약 채예림이 황지영에게 그 사진을 넘기면 너는 황지영에게 엄청나게 짓밟힐 테니까. 다른 애들에게도 소문이 나고, 그럼 학교에서 지내기 엄청 힘들어지겠지. 그런 걱정을 하면서 오후 시간을 보냈어. 그러다 6교시 국어 시간에 너는 김경아 선생님이 시켜서 교무실에 있는 선생님 책상으로 가게 됐어. 거기서 두통약을 챙겨오려다가 수면제를 보고는 채예림을 어떻게 해볼 수 있겠다 싶어서 수면제를 챙겼어. 수면제를 채예림에게 먹인 뒤 몰래 휴대전화를 훔칠 꿍꿍이였

지. 어떻게 할까 틈을 엿보다 학교가 끝나고 국어수행 때문에 채예림 모
둠이 남는다는 이야기를 듣고 채예림과 같은 모둠이자 너랑 친한 연지
아 힘을 빌리기로 했지. 내말이 틀리니?"

"……."

둘 다 말이 없었다.

"청소와 종례가 끝난 뒤 현희 너는 다른 애들과 같이 밖으로 나갔어.
그래야 알리바이가 만들어지니까. 그 다음 주사기를 구해 수면제를 녹
여서 주사기에 담은 뒤, 사람들 눈에 안 띄게 다시 학교 건물로 들어가
서 5층 여자 화장실로 몸을 숨겼어. 그때 지아 네가 제 돈으로 애들에
게 아이스크림을 사겠다고 말했어. 애들은 제각기 먹고 싶은 아이스크
림을 말했고, 어쩌다 보니 모두 다른 아이스크림을 말했어. 학교 밖 가
게에 가서 애들이 말한 아이스크림을 산 뒤에 다시 학교 건물로 돌아왔
어. 그때가 5시 40분! 그리고 곧장 5층 여자 화장실로 갔고, 거기서 둘
이 만났지. 채예림이 먹고 싶다고 말한 아이스크림에 주사기를 꽂아 수
면제를 넣었어. 그러고는 주사기는 화장실에 버렸지. 현희 너는 그 자리
에 남았고, 지아는 교실로 가서 수면제를 넣은 아이스크림을 채예림에
게 주었어. 채예림은 아무것도 모른 채 아이스크림을 먹었지."

나는 말을 끊고 둘을 번갈아 봤다.

"내가 한 말 가운데 틀린 대목이 하나라도 있으면 말해 줘. 말하기 힘
들면 고개를 저어도 좋아."

둘은 말도 안 했고, 고갯짓도 안 했다.

"선생님이 신경정신과에서 처방을 받은 졸피뎀은 꽤나 센 수면제로

먹으면 아주 빠르게 잠이 들어. 그러니 아이스크림을 먹은 채예림은 곧바로 졸음이 쏟아졌을 거야. 애들이 가자고 했을 때 채예림은 어지럽고 힘들다면서 나중에 가겠다고 하고 교실에 남았고, 지아는 다른 애들과 어울려 밖으로 나갔어. 그때가 6시. 나가면서 지아가 문자를 보냈을 거야. 화장실에 숨어 있던 현희 너는 문자를 받은 뒤 교실로 가서 채예림 휴대전화를 챙긴 뒤 아무도 모르게 밖으로 빠져나갔어."

내가 헤아린 바를 다 얘기한 뒤에 나는 다시 한 번 둘에게 물었다.

"내 말 가운데 틀린 대목이 하나라도 있으면 말하거나 고개를 저어."

마찬가지로 둘은 아무 말도 안 했고, 고갯짓도 안 했다.

답답한 얼굴로 둘을 가만히 보고 있던 이모가 나섰다.

"이제까지 구산이가 한 말이 다 맞니? 말로 하기 힘들면 고개를 끄덕여도 돼!"

연지아는 그대로 있고, 주현희만 고개를 끄덕였다.

"좋아. 뭐 이제까지 구산이가 한 말을 다시 말해주지 않아도 돼. 어차피 증거가 넉넉하기 때문에 너희들이 말 안 해도 다 드러났으니까. 이미 통신회사에 너희 둘이 나눈 통신기록을 모두 보내달라고 했기 때문에 스마트폰에 있는 문자를 다 지웠더라도 둘이 몰래 나눈 문자를 다 알아낼 수 있어."

이모는 잠깐 말을 멈추었다가 말을 이었다.

"이제부터가 알맹이니까 잘 들어. 너희들이 저지른 짓은 범죄야. 따라서 처벌을 받아야 해. 그렇지만 범인을 잡는데 도움이 되는 노릇을 해준다면 처벌이 많이 가벼워질 거야."

이모는 다시 한 번 말을 멈추고는 둘을 가만히 살폈다.

"주눅 들지 말고 말을 해."

"무슨…말을…해야…하죠?"

주현희가 손을 꽉 쥐며 말했다.

"있는 그대로, 본 그대로 말해주면 돼. 할 수 있겠니?"

"네!"

떨림이 많이 수그러들었다.

"채예림 휴대전화는 어디 있니?"

"저희 집에 있어요. 비밀번호를 알아낸 뒤에 사신을 지우고 버릴 생각이었어요."

"채예림을 죽음으로 이끈 독약은 액상 니코틴이야. 신경수가 갖고 있던 걸 채예림이 몰래 훔친 듯한데, 채예림이 액상 니코틴을 갖고 있다는 것을 알고 있는 학생이 누군지 알아?"

"그 말은…처음 들어요. 채예림과 가깝게 지내는 애들이라면 알지도 모르지만."

1교시 끝나고 채예림이 곽민기를 몰아붙일 때 채예림 둘레에 섰던 애들이 떠올랐다.

"채예림과 가까운 애들이 누구지?"

"한수연, 송은교, 전다겸, 강혜정, 그리고 변유진이에요. 채예림이 애들과 잘 어울렸으니까 애들이라면 알지도 몰라요."

주현희 말을 듣자마자 이모는 옆방에 있는 염경장에게 전화를 걸었다.

"내가 이제부터 부르는 이름 받아 적어. … 한수연, 송은교, 전다겸, 강혜정, 변유진! ……그래 맞아! 이 학생들 스마트폰 뒤져서, 어제와 그제 채예림과 나눈 문자 알아보고, 어제 6시 이후 알리바이도 알아 봐. …… 그래, 맞아! 그리고 주현희 학생 집 압수수색영장 받아 놔. 채예림 학생 휴대전화가 그 집에 있대. …… 바로 가지는 말라고 하고. 내가 말하면 그때 가라고 해.…… 시간이 별로 없으니까 빨리 해."

전화를 끊고 이모는 다시 주현희에게 물었다.

"채예림 휴대전화를 챙긴 뒤 밖으로 나올 때, 다른 사람 못 봤니?"

"못 봤어요. 저도 안 들키려고 재빨리 나왔기 때문에 둘레를 살필 겨를이 없었어요."

"문가영이나, 주영민도 못 봤겠네?"

"네. 걔네들은 6층 물리지구과학실험실에 있지 않았나요?"

이모는 팔짱을 끼고 말을 멈춘 채 가만히 생각에 잠겼다. 나도 골똘히 생각했다.

주현희가 교실에 들어가서 휴대전화를 챙긴 뒤 나온 시간은 넉넉잡아도 6시 10분이다. 신경수와 백승우가 교실에 들어온 시간은 6시 25분이다. 그 15분 사이에 누군가가 교실로 들어와서 채예림이 감춰둔 액상 니코틴을 훔쳐갔다. 이제까지 알아 본 바로는 그때 올 만한 학생은 6층에 있던 문가영과 주영민뿐이다. 둘이 아니라면 학교 밖에 있다고 생각했던 애들 가운데 범인이 있다는 말이다. 밖에 있던 학생이었을까? 액상 니코틴을 훔칠 틈새는 단 15분이었다. 학교 크기나 모양새를 봤을 때 딱 그 시간에 맞춰 움직이지 않으면 다른 사람 눈에 띄었다. 쉽지 않은 일이다. 밖에 나가 있던 학생이 액상 니코틴을 얻으려고 교실로 다시 들어온다는 말은 그럴싸하지 않다.

주영민은 액상 니코틴을 가져갈 틈이 있었다. 그렇지만 어떻게 딱 그 시간에 맞춰 움직였을까? 그냥 어쩌다 교실에 내려 왔는데 채예림이 엎드려 있어서 액상 니코틴을 챙길 수 있었을까? 그러나 액상 니코틴을 챙겼다 해도 주영민은 다른 애들과 어울려 밖으로 나갔다. 액상 니코틴을 얻고, 밖으로 나갔다가, 다시 들어와서 액상 니코틴을 채예림 몸에 주사기로 찔러 넣을 수는 없다. 채예림을 해칠 뜻이 있었으면 처음 액상 니코틴을 손에 넣을 때 하면 됐다. 주사기는 사물함 곳곳에 있었고, 열쇠가 허술한 사물함도 많았으니 굳이 밖으로 나갔다가 다시 들어올 까닭이 없다. 허수민이 교실에 올 때까지 액상 니코틴이 채예림 몸에 들어가지 않았으므로, 주영민은 범인으로 보기 어렵다.

남는 사람은 딱 한 명, 바로 문가영이다. 그렇지만 문가영도 주영민과 같은 까닭으로 앞뒤가 안 맞는다. 액상 니코틴을 손에 넣었다면 바로 그 자리에서 채예림 몸에 넣으면 되는데, 번거롭게 자리를 한 번 떴다가 다시 돌아와서 그 짓을 할 까닭이 있을까? 허수민이 보았듯이 교실 밖에서 가만히 채예림이 잠든 모습을 보다가 떠난 문가영이다. 그때 잠든 채예림을 보고 나쁜 짓을 벌일 생각을 떠올렸을까? 그때는 어떻게 할지 몰라 망설이다가, 뒤늦게 돌아와서 못된 짓을 벌였을까? 알 수 없는 노릇이다.

"저희, 얼마나 큰, 벌, 받나요?"

연지아가 처음으로 입을 열었다.

팔짱을 풀고 이모가 연지아를 바라봤다.

"저흰 그냥 휴대전화만 훔쳤을 뿐이에요."

연지아 또렷하게 말했다.

"구산이도 봐서 알겠지만, 임세연과 황지영은 꼴 보기 싫은 애들이에요. 황지영은 정말 밉고, 무서워요. 어떻게든 앙갚음을 해주고 싶었어요. 그냥 그뿐이었는데, 채예림이 사진만 찍지 않았어도, 아니 지워주기만 했어도, 아무 일 없었는데……."

"너희가 어떤 벌을 받을 지는 아직 정해지지 않았어. 내 마음대로 할 수도 없고."

연지아와 주현희에게 교실은 정글이었다. 살아남으려면 발버둥쳐야 하는 정글, 짓밟지 못하면 짓밟히는 정글이었다. 어디 주현희와 연지아에게만 정글이겠는가? 수많은 학생들에게 학교는 정글과 다름없다. 예전에 다니던 학교이긴 하지만 나는 그런 정글에서 왕이었고, 이 학교에서도 왕이 되려는 꿈을 꾼다. 어쩌면 채예림도 나와 엇비슷하지 않았을까? 액상 니코틴과 사진, 전교 1등을 좇는 끈질김, 수많은 애들과 빚어내는 다툼, 모두 센 힘을 손에 움켜쥐려는 몸부림이 아니었을까? 채예림은 정글인 학교에서 왕이 되려다가, 거의 왕으로 지내다가 어이없게 무너졌다. 한때 정글을 한 손에 움켜쥐었던 나였기에, 왕이 되려다 무너져버린 채예림을 떠올릴수록 쓸쓸함이 짙어졌다.

동기가 없으면 범죄도 없다

채예림과 가까이 지내는 여학생들 알리바이는 모두 뚜렷했다. 송은
교를 빼고는 액상 니코틴이란 말을 들어본 적도 없고, 문자에도 흔적이
없었다.

"채예림이 액상 니코틴 가진 걸 어떻게 알고 신경수에게 전했어?"

이모가 송은교에게 물었다.

"채예림이 짝꿍인 신경수한테만 말하라고 해서 그렇게 했어요."

"채예림이 왜 그랬는지는 아니?"

"잘은 몰라요. 제가 물었더니 그냥 혼내주려고 그런다고만 했어요."

"액상 니코틴 이야기를 정말 아무에게도 안 했니?"

"그럼요. 채예림이 아무에게도 말하지 말라고 했는데 어기면 끝장나
요."

채예림과 모임을 하다 먼저 나간 곽민기, 나일현, 권태형을 불렀다.

168

곽민기는 뭐라고 물어도 대꾸가 없었다. 꿀 먹은 벙어리였다. 권태형은 같이 모둠을 한 한수연 뒤꽁무니를 쫓아갔다고 했다. 나일현은 게임방에 가서 7시 55분까지 놀다가 8시에 학원에 갔다고 하면서, 게임방과 아이디, 비밀번호까지 알려주며 게임을 한 기록을 찾아보라고 했다.

허수민과 같이 있었던 주영민, 류혁재, 윤변인은 6시30분에 학교를 나간 뒤 게임방을 같이 갔다고 했다. 그렇다면 6시와 6시30분 사이에 주영민은 교실에 들렀을까?

"교실요? 교실에 왜 가요? 문가영이 나가자마자 똥이 미친 듯이 마려워서 남자 화장실까지 부리나케 뛰어갔다가 바로 돌아왔어요. 빨리 안 오면 허수민이 잡아먹을 듯 몰아붙였기 때문에 늦지 않으려고 얼마나 애썼는데."

주영민은 이모와 말을 나누면서도 틈만 나면 웃었다. 웃음이 입에 달라붙은 듯했다.

황지영은 모둠이 끝날 때쯤 SNS에서 임세연이 올린 글을 보고 성이 났고, 바로 전화를 했다고 한다. 스마트폰에 통화기록이 그대로 있었다.

"내려가다가 학교 건물 안에서 다른 애들 못 봤니?"

"임세연 때문에 열 받았는데, 제 눈에 누가 들어오겠어요?"

황지영에게서도 도움이 될 만한 말은 건지지 못했다.

"저는 6시45분까지 도서관에 있었어요. 6시 45분까지 도서관 밖으로 한 번도 나가지 않았는데, 믿지 못하겠으면 사서 선생님께 여쭤보세요. 사서 선생님은 도서관 문 쪽에 계속 앉아 계셨으니까 제가 나갔는지 안 나갔는지 아실 거예요. 그리고 제가 책을 빌려서 나왔으니까 도서관 컴퓨터에 제가 도서관에서 나간 시간도 찍혔을 거예요. 나온 뒤에는 화장실에 들렀다가 곧바로 밖으로 나갔죠. 도서관에 있다가 5층까지 올라갈 까닭이 없잖아요? 열쇠를 채예림에게서 받으러 올라갈 생각은 안 했어요. 왜냐하면 6시 전에 끝나면 저한테 주고 가고, 아니면 교무실에 주라고 이미 말했기 때문이죠."

반장인 이진욱은 액상 니코틴을 손에 넣을 시간이 없었다.

서빛나 미술 선생님과 안대수 과학 선생님은 황지영과 허수민이 한 말이 거짓이 아님을 말해주었다. 서빛나 선생님은 그림을 그리느라, 안대수 선생님은 학생들 과학 프로젝트를 살피느라 늦게까지 있었다고 했다. 두 선생님은 6층에 쭉 있다가 7시 20분이 지난 뒤, 시끄러운 소리 때문에 밖으로 나왔고, 그때서야 채예림이 일을 당한 줄 알았다고 했다.

이제 문가영밖에 안 남았다. 문가영을 부를 때가 11시 20분이었다. 문가영을 부를 때 신경수, 백승우, 연지아, 주현희, 허수민은 교무실에서 따로따로 앉아 있었다. 교무실엔 경찰 한 명과 김경아 선생님, 그리고 내가 모르는 선생님이 있었다. 다른 애들은 1층 영어전용교실 네 곳에 나뉘어 앉아서 모든 조사가 끝나길 기다렸다. 아침에는 학생들끼리 아무 말도 못하게 하고 교실을 벗어나지 못하게 했으나, 조사가 끝난 뒤로는 학생들끼리 서로 말도 나누고, 화장실도 다녀오게 했다. 1층에는 서빛나 선생님과 안대수 선생님, 행정실 직원, 사서 선생님, 그리고 순경 두 명이 같이 있었다. 중앙 현관은 의경 두 명이 지켰고, 건물 오른쪽과 왼쪽에 있는 현관은 단단히 잠겼다. 2층에서 3층으로 올라가는 계단은 세 곳이었는데 가운데는 2층 계단에서 지켰고, 나머지 계단 두 곳에는 폴리스라인을 쳐놓고 위로 올라가지 못하게 했다.

문가영은 어제 하루 내내 끄적거리던 공책을 들고 나타났다. 얼굴빛도 어제와 다를 바가 없었다. 하루뿐이었지만 나와 가깝게 지낸 짝꿍이 범인일지도 모른다고 생각하니 속이 꽉 막힌 듯 답답했다. 문가영은 말을 나누는 내내 공책을 가슴에 두고 팔짱을 풀지 않았다. 채예림이 죽었다는 말을 듣고도 무덤덤했다.

"어제 애들과 물리지구과학실험실에서 모임을 하다가 화장실에 갔을 때가 몇 시였니?"

이모가 물었다.

"화장실 가는데 시간 보고 가는 사람도 있나요?"

"여섯 시 넘었니?"

"몰라요. 제가 모르는 시간을 이미 아시는 듯한데, 아시면서 묻지는 마세요."

말이 까칠했다.

"주영민이 화장실 가는 모습은 봤니?"

"아뇨. 제가 화장실 갔다 오니 없었고, 돌아오고 조금 뒤 들어왔어요.

시원하게 똥 쌌다면서 시끄럽게 굴었어요. 지저분하게."

"그때, 정말 화장실에 갔니?"

"그럼 화장실에 가지 어딜 가요?"

"5층 교실로 내려가지 않았어?"

"아뇨."

눈빛 하나, 말꼬리 하나 흔들리지 않았다.

"모임 끝나고 어떻게 했어?"

"황지영이 시끄럽게 전화를 하며 내려갔고, 남자애들이 우르르 뛰어
내려갔고, 저는 제 짐 챙겨서 뒤늦게 내려갔어요. 허수민보다 제가 먼
저 내려갔어요."

"교실에 들르지 않고 그냥 갔니?"

"여자 화장실 쪽 계단으로 내려가다가, 교실 쪽으로 갔어요."

"왜?"

"왜라뇨?"

"왜 여자 화장실 쪽 계단으로 쭉 내려가지 않고, 교실 쪽으로 갔냐
고?"

"그냥요."

"그냥?"

"네, 그냥."

더 물어봐야 쓸 데 없었다.

"교실 쪽으로 가다가 뭐했어?"

"교실 안을 들여다봤어요."

"뭘 봤니?"

"채예림 자는 모습을 봤어요."

"그냥 보기만 했어?"

"그럼, 그냥 보기만 하지 뭘 해야 하나요? 저는 다른 애들한테 마음 안 줘요. 저 살기도 힘드니까."

"얼마나 지켜봤어?"

"시계 안 봐서 몰라요. 그냥 잠깐 지켜보다가 다시 여자 화장실 쪽 계단으로 내려갔어요."

"그러고는?"

"뭐가 '그러고는'이에요?"

"휴~."

이모가 길게 한숨을 내쉬었다.

"여자 화장실 쪽으로 몸을 돌린 뒤에 어떻게 했냐고."

"걸어 내려갔고, 건물을 나왔고, 운동장으로 갔어요."

"운동장? 왜?"

"그냥요. 가만히 있고 싶어서요."

"운동장에서는 뭐했니?"

"운동장 귀퉁이에 앉아서 이어폰을 꽂고 노래를 들었어요."

"혹시 다른 애들이 학교 건물에서 나오는 모습은 못 봤니?"

"학교 건물을 등지고 노래를 들었기 때문에 아무것도 못 봤어요."

"그럼, 언제 학교를 나갔어?"

"시간은 잘 몰라요. 저는 시간을 보고 살지 않아요."

이모는 더 묻지 않고 몸을 뒤로 뺐다. 의자에 비스듬히 앉아 문가영처럼 팔짱을 꼈다.

문가영 알리바이엔 빈틈이 많았다. 무엇보다 문가영에겐 액상 니코틴을 손에 넣을 시간과, 액상 니코틴을 주사기로 채예림 몸에 넣을 시간이 다 있었다. 채예림이 쓰러진 뒤에 두 가지 모두를 할 수 있는 단 한 사람이 바로 문가영이다. 그렇다고 해도 물음은 남는다.

첫째, 신경수와 백승우를 빼고는 송은교만 액상 니코틴을 채예림이 갖고 있음을 알았는데, 문가영은 남들이 모르는 일을 혼자 어떻게 알아냈을까? 물론 교실은 서른 명이 넘는 학생들이 뒤엉켜 지내는 곳이니 어쩌다 들었을 수도 있다. 둘째, 남들 눈을 피해서 채예림이 잠든 시간에 딱 맞춰 두 번씩이나 교실에 들를 수 있을까? 6시와 6시25분 사이엔 말 그대로 그냥 들렀고, 6시 45분 뒤에는 허수민이 나가는 모습을 본 뒤에 들렀을 수 있다. 처음엔 그냥 훔쳤지만, 나중에 액상 니코틴으로 채예림을 골탕 먹이려고 마음먹고 일을 저지르려 했다면 시간이 맞아 떨어진다. 셋째, 아무것도 하기 싫어하는 애가 이런 일을 벌일 까닭이 있을까? 이 물음이 가장 어렵다. 동기가 없으면 범죄도 없다. 문가영에겐 동기가 없었다. 그때 문가영 품에 꼭 안긴 공책이 눈에 들어왔다. 어제 문가영이 휘갈겨 쓴 글도 떠올랐다.

"그 공책, 내가 잠깐 봐도 되니?"

문가영이 거슬려 하지 않도록 부드럽게 말했다.

문가영은 내 말을 듣자마자 아무렇지 않게 공책을 내게 건넸다. 문가영이 쓴 공책에서 내가 보고자 한 글을 찾아내서 읽었다.

"안대수 선생은 정말 재주가 뛰어난데, 수업은 정말 재미있게 하는데, 스타사이언스 수업도 어쩌면 그렇게 멋들어지게 하는지, 중학교 선생님으로 있기엔 아까울 만큼 뛰어난데, 웃기는 말도 잘하고, 애들을 친구처럼 잘 대해주는데, 지나치게 착해서, 어휴, 애들한테 이리 휘둘리고 저리 휘둘리고, 안쓰럽다. 쯧쯧. 왜 저럴까, 그냥 확 휘어잡으면 될 텐데, 뭐가 그렇게 눈치가 보여서 저따위 애들한테 마구 휘둘릴까, 스타사이언스 애들은 선생님 재주만 벗겨먹고, 고마워할 줄도 모르고, 선생님 덕분에 과학고에 갈 수 있게 될 거면서, 못됐다. 에이, 확 그냥, 슉, 슉, 슉, 빵, 빵."

다 읽은 뒤 공책을 문가영에게 돌려주었다.

"너, 안대수 선생님 좋아하지?"

내가 물었다.

"응. 좋아해."

"안대수 선생님이 과학 수업 때 채예림 때문에 힘들어 하는 모습 보면서 채예림이 밉지 않았어?"

"맞아. 미웠어."

"액상 니코틴을 손에 넣고 나자, 그 미움이 채예림을 해치고 싶은 마음으로 이어지진 않았어?"

"아니."

"슉, 슉, 슉, 빵, 빵이라는 글, 채예림을 어떻게 해버리고 싶다는 마음이 저 다섯 글자로 드러났다고 한다면, 틀린 말일까?"

"틀렸어. 나는 그냥 썼어. 별 뜻 없어."

무엇을 물어도 마찬가지였다. 문가영은 한결같았다. 문가영이 액상 니코틴을 손에 넣었거나, 채예림 몸에 집어넣었다는 뚜렷한 증거가 나오지 않는다면 문가영을 범인으로 몰기 어려웠다.

꽁꽁 가린 속내에 무엇이 들었는지 헤아리기 힘들었다. 저 흔들림 없음이 거짓 없음을 말하는지, 단단한 거짓을 말하는지는 알 수 없었다. 어제 봤던 문가영은 공책에 끄적거리는 짓 빼고는 아무것도 하지 않으려 했다. 점심시간에 권태형은 문가영을 두고 '맨날 고개 처박고 뭔지 모를 글만 써대는 그런 꿀꿀한 애'라고 했다. 그러니 어제 하루가 아니리 늘 그렇게 지낸다는 뜻인데, 진짜 아무것도 하고 싶지 않아서 지럴까, 아니면 어떤 속마음을 가리려는 가면일까? 좋아하는 선생님 때문에 채예림을 헤쳤다는 생각은 그럴싸하지 않았다. 미술 시간에 배운 말이 떠올랐다. 데페이즈망! 낯설었다. 미술에선, 예술에선 일어날 만한 일이고, 일어나도 괜찮지만, 진짜 삶에서 문가영과 앙갚음은 데페이즈망이었다. 그리고 보니 교실에서 일어난 살인사건이야말로 그 무엇보다도 낯선, 어울리지 않는, 데페이즈망이었다.

데페이즈망

11시 40분.

문가영은 교무실로 가고, 이모와 염경장, 나와 슬비는 남자 선생님 휴게실에 차려진 수사본부에 모여 앉아 머리를 맞댔다. 슬비를 따라다니는 경호원은 말없이 슬비 옆을 지켰다.

"주사기와 학용품에서 나온 지문을 빼고는 딱히 범죄와 이어진 지문은 없습니다."

염경장이 종이를 이모에게 건넸다.

"휴대전화는?"

"범인을 찾을 실마리인 액상 니코틴이 누구 손에 들어갔는지, 알 만한 증거는 찾지 못했습니다."

"통신기록은?"

"모든 통신회사에 다 해 두었습니다."

"주현희 집 압수수색 영장은 어떻게 됐어?"

"그게… 위쪽에서 막혔답니다."

"왜? 죽은 애 휴대전화는 꼭 있어야 할 증거물인데. 그걸 못 찾게 하면 어쩌라고?"

"저도 잘 모르겠습니다."

그때 문이 열리면서 교장과 교감이 들어왔고, 우리는 모두 자리에서 일어났다.

"애쓰십니다."

교장이 이모 손을 잡았다.

"무슨 일이시죠?"

이모가 물었다.

"12시가 가까워 오기도 했고, 드릴 말씀도 있어서 왔습니다."

"말씀드린 대로 12시엔 끝내주십시오. 그리고 채예림 학생이 어릴 때 심장 수술을 받아서 심장이 약했다는 이야기를 들었습니다만."

교장 말투는 부드러웠지만 엉큼한 기운이 풍겼다.

"그 말씀을 왜 하시죠?"

"여기는 학교입니다. 작은 일도 밖으로 나가면 크게 부풀려서 퍼져나가는 곳이 학교 일입니다. 이런 일이 밖으로 새나가면 크게 부풀려지고, 그러면 우리 학교 학생들에게 좋지 않습니다. 교육을 하는 사람으로서 걱정돼서 드린 말씀입니다."

그때 이모 주머니에 있던 휴대전화가 떨렸다. 이모가 전화를 받았다. 전화를 받는 동안 이모는 작게 '네' 소리만 거듭했고, 얼굴을 여러 번 찡그렸다. 전화를 끊고 이모가 교장에게 차갑게 말했다.

"위쪽에 줄이 있으시나 보네요?"

교장은 둘레를 살피는 척하며 아무런 대꾸도 하지 않았다.

"잘 알아들었으니, 이제 나가 주시죠."

교장과 교감이 나간 뒤 이모는 의자에 털썩 주저앉았다.

"뭐라고 합니까?"

"아주 높은 분 전화야. 웬만하면, 심장이 안 좋았던 애가 지나치게 공부를 하다가 쓰러져서 죽은 걸로 마무리하래. 어차피 채예림 부모도 그렇게 안다고."

"정말 그렇게 하실 겁니까?"

이모는 염경장 물음에 대꾸는 않고 의자에 몸을 깊이 묻고 천장만 바라봤다.

"이모, 제가 할아버지께 말씀드려 볼까요?"

슬비였다. 슬비 할아버지는 엄청난 재벌이자, 권력과도 매우 가깝다.

"됐어. 경찰은 경찰답게 움직이면 돼."

이모가 윗몸을 일으키며 딱 잘라 말했다.

11시 50분.

나는 머리를 식힐 겸 복도로 나왔다. 슬비도 나를 따라 왔다. 교무실 쪽으로 걸으며 교무실 안에 있는 애들을 살폈다. 다들 교무실 곳곳에 앉아 가만히 있었다. 경찰관 한 명과 이름 모르는 학교 선생님도 보였다. 문득 5층에 올라가 보고 싶다는 생각이 들어서 승강기를 탔다. 슬비와 경호원도 같이 따라왔다.

"어디 가려고?"

슬비가 팔짱을 끼며 물었다.

"교실에 가 보려고?"

"왜?"

"나도 몰라. 그냥 가보고 싶어서."

5층에 올라간 뒤 교실 쪽으로 갔다. 폴리스라인을 지나서 혼자 교실로 들어갔다. 교실은 어제 밤에 본 모습 그대로였다. 여기서 사람이 죽었다는 말이 거짓처럼 여겨졌다. 문가영을 만나고 난 뒤부터 데페이즈망이란 낯선 낱말이 온 머리를 헤집었다. 그래서 낯설고 어울리시 않는 데페이즈망을 찾으려고 교실로 올라왔다. 교실 곳곳을 살피며 데페이즈망을 찾았다. 어울리지 않는데도 어울린다고 여기고 지나치지는 않았는가? 지나치게 낯설어서 낯선지도 모르고 눈여겨보지 않는 모습은 없었는가? 이미 열쇠를 찾아놓고도 해오던 생각에만 붙잡혀 열쇠를 찾았는지도 모르고 있지는 않았는가? 이런 생각을 하며 데페이즈망을 찾았다.

그때 내 눈에 낯선 생김새가 들어왔다. 빛깔도 모습도 다 낯설었다. 왜 이때까지 저 데페이즈망이 눈에 들어오지 않았을까? 나는 그쪽으로 걸어갔다. 겉을 가만히 살피다 손으로 쓰다듬었다. 지나치게 밝은 빛, 맑은 웃음이 거슬렸다. 하나씩 눌렀다. 다들 딱딱했지만, 딱 하나만 달랐다. 손가락으로 힘껏 눌렀다. 살짝 들어갔다. 손톱으로 끝을 짚어서 떼어냈더니 구멍이 거기 있었다.

구멍을 살피고, 구멍을 막은 그림말(이모티콘)을 자세히 살폈다. 이게 무슨 뜻일까? 그리고 내가 진상현을 혼내 준 일을 담임선생님이 속속들이 알고 있던 일도 떠올랐다. 구멍, 그림말, 담임선생님, 그리고 마침내 그동안 묻고 또 물어도 알 수 없었던 실마리가 단박에 잡혔다. 실마리가 잡히자 열린 문으로 바람이 빠져나가듯 꼬인 실타래가 술술 풀리더니, 한 가닥만 꼬인 채 남았다.

11시 55분.

나는 승강기를 타고 다시 2층으로 내려온 뒤 얼른 남자 선생님 휴게실, 그러니까 수사본부로 왔다. 슬비와 경호원도 같이 따라 왔다. 이모와 염경장은 자리에 없었다.

"두 분은 어디 가셨어요?"

"옆방 조사실로 다시 가셨어."

컴퓨터 앞에 앉은 경찰이 말했다.

나는 휴게실 넓은 책상 위에 놓인 스마트폰 쪽으로 갔다. 스마트폰 아래 놓인 종이에 쓰인 이름을 보고 네 개를 골라냈다. 봉투에 쓰인 잠금 번호와 모양을 눌러서 스마트폰을 하나씩 열었다. 네 개를 다 열었다. 데페이즈망! 내 생각대로였다. 그곳엔 낯선 앱이 있었고, 내가 어림한 꼴을 한 대화방도 있었다. 꼭 찾고 싶었던 인터넷 기록은 안타깝게도 없었다. 모두 지워버린 듯했다. 하긴 있었으면 염경장과 슬비가 못 찾아냈을 리 없다.

"뭐 알아냈어?"

슬비가 다가오며 물었다.

나는 채예림이 죽었다는 이야기를 들은 뒤 처음으로 웃으며 손가락
으로 동그라미를 만들었다. 그때였다. 갑자기 유리창이 와장창 깨지는
소리가 시끄럽게 들렸다. 한두 장이 아니었다. 유리창 여러 장이 와장창
깨지는 소리였다. 나와 슬비, 경호원, 그리고 같은 방에 있던 경찰 둘도
밖으로 뛰어나갔다. 조사를 하던 이모와 염경장도 밖으로 뛰어 나왔고,
교무실에 있던 경찰과 선생님, 교장실에 있던 교장과 교감도 뛰어나왔
다. 또다시 유리창 여러 장이 깨지는 소리가 들렸다. 여자 화장실이 있
는 쪽 위층이었다.

"둘은 여기를 지켜! 교무실에 있는 에들 못 나기게 하고, 증기물 꼭
지켜!"

이모는 우리와 같은 방에 있던 경찰에게 빠르게 말하고는 여자 화
장실 쪽으로 뛰어갔다. 교무실에 있던 애들도 밖으로 나왔고, 1층에 있
던 애들과 선생님들도 위층으로 많이 올라오면서 학교가 어수선해졌
다. 유리창이 깨진 곳은 3층과 4층 여자 화장실 쪽 복도였다. 복도 바닥
에는 깨진 유리창과 함께 손톱만큼 큰 쇠구슬이 여러 개 보였다. 누군가
쇠구슬을 밖에서 던져 유리창을 깼다.

학교 바로 뒤편엔 꽃과 갈대가 우거진 언덕이고, 언덕 뒤로는 소나무
와 참나무가 뒤섞여 자라는 작은 산이 있었다. 작은 산 둘레엔 건물들이
가득했다. 염경장이 경찰 두 명을 데리고 밖으로 뛰어나가서 뒤편 언덕
과 산을 뒤졌지만 어떤 사람도, 아무런 흔적도 찾아내지 못했다.

어수선함이 가라앉은 뒤 이모는 학생들과 선생님들을 모두 1층 1번

영어전용교실로 모이게 했다. 교장, 교감, 김경아 선생님, 서빛나 선생님, 안대수 선생님, 행정실 직원과 내가 모르는 선생님도 한 분 왔고, 따로 있던 학생들도 모두 왔다. 다른 경찰들과 슬비는 밖에 있었다. 이모가 말을 꺼내려 할 때였다.

"주영민이 안 보이는데요?"

학생들 가운데 한 명이 말했다.

"누구 주영민 본 사람 없어?"

앞에 있던 김경아 선생님이 학생들에게 물었지만, 아무도 없었다. 선생님들도 서로를 쳐다만 볼 뿐이었다. 이모는 학생과 선생님들은 그 자리에 머물게 하고 경찰들을 시켜서 학교를 뒤지게 했다. 3층 위로는 살인 사건이 일어난 우리 반 교실을 빼고는 다 잠겼기 때문에 찾을 곳은 얼마 없었다. 10여분 뒤 경찰 한 명이 후다닥 뛰어 내려와 이모에게 귓속말을 했다. 이모 얼굴이 딱딱하게 굳었다.

"선생님들, 학생여러분, 여기 그대로 계세요. 제가 올 때까지 그대로 계세요."

이모는 경찰과 함께 서둘러 밖으로 뛰어 나갔다. 나도 다른 학생들과 함께 교실에서 기다렸다. 조금 뒤, 밖에 있던 슬비에게서 잇따라 문자가 왔다.

  ♡ 내가 경호원 아저씨를 보내서 알아 봤는데, 주영민이 4층 남자 화장실에서 죽었대.

  ♡ 주사바늘에 목 동맥이 찔려서 죽었대.

♡ 4층 화장실 문이 열려 있고 화장실 안은 곳곳이 피범벅이래.

♡ 화장실 문은 닫혔고 창문은 열려 있대.

　이모가 나가고 10여분 뒤 자동차 몇 대가 학교로 빠르게 들어왔다. 다시 10여 분이 흐른 뒤 이모가 교실로 내려왔다. 이모는 교장과 교감을 불러서 밖으로 나갔다. 나는 교실에 그대로 있을 수 없었다. 밖으로 나갔다. 이모는 교장과 교감에게 한참 뭐라고 했고, 교장과 교감은 굳은 얼굴로 자리를 떴다.

　"이떻게 됐어?"

　교실 쪽으로 오는 이모에게 물었다.

　"이젠 누가 뭐래도 그냥 넘어갈 수 없다고 말했어."

　"아니, 주영민이 어떻게 됐냐고?"

　"주사바늘에 경동맥이 찔렸는데 주사바늘이 제법 굵어. 주사기는 바닥에 떨어져 있는데 지문이 있고, 주사기엔 액상 니코틴도 조금 있었어."

　"설마, 자살?"

　"모르지. 내가 보기엔 자살로 꾸민 타살인데, 감식반이 알아보고 있으니까 기다려 봐야지."

　말에서 망설임이 잔뜩 묻어났다.

　"이모는 왜 타살로 생각해?"

　"주영민이 스스로 죽을 까닭이 없으니까."

　그러나 내가 보기에는 주영민에게는 스스로 죽을 까닭이 있다. 자살

인지 타살인지는 모르겠지만 주영민은 죽어야 할 까닭이 있다. 자살이
든 타살이든 주영민을 죽음으로 몰고 간 사람은 딱 한 명뿐이다.

"이모!"

교실로 다시 들어가려는 이모를 불러 세웠다.

"나 채예림을 죽인 범인이 누군지 알 것 같아."

가면 깨뜨리기

"조사는 경찰이 해야 돼."

"내가 해본다니까."

"안 돼. 다른 사람 눈이 많아. 이젠 너를 조사실에 같이 들이기도 어려워. 아무 일 아닌 척 일을 마무리 짓기는 글렀고, 밖으로 이 일이 곧 알려질 테고, 그러면 여느 살인사건처럼 똑같이 할 수밖에 없어."

"10분만 줘."

"구산아!"

"10분이면 된다니까. 내가 밝혀낼 수 있다구요."

이모와 내 눈이 뒤엉켰다.

"그래요, 이모. 구산이한테 10분만 줘 보세요. 어차피 감식반 조사도 안 끝났고, 어수선한 때이니, 구산이한테 맡겨도 좋지 않겠어요?"

슬비가 나를 도왔다.

"좋아! 딱 10분이야. 녹화는 못하니까 네 스마트폰을 통화로 해놓고 내가 듣게 해."

이모는 마지못해 내 말을 들어주었다.

이모는 그 학생 옷을 다 살핀 뒤 조사실로 들여보냈다. 그 학생 옷엔 핏자국이 없었다. 그 학생과 상담실 책상을 사이에 두고 마주 앉았다. 어제 만났을 때 느낌은 꽤나 괜찮았는데, 사람을 해치는 짓을 몰래 저지르다니, 사람은 겉만 봐서는 정말 알 수가 없다.

"채예림이 죽은지는 알지?"

내가 말했다.

"1층에서 기다릴 때 애들 사이에 말이 돌았어. 선생님들이 수군거리는 소리도 들었고."

그 학생은 덤덤하게 대꾸했다.

"조금 전엔 주영민이 죽었어."

이번에도 덤덤할 줄 알았는데 뜻밖에도 얼굴이 딱딱하게 굳고, 눈이 커졌으며, 입술은 심하게 떨렸다. 뜻밖이었다. 저 놀라움은 진짜처럼 보였다. 저 애가 주영민까지 죽였다고 생각했는데 그렇지 않을 수도 있겠다 싶었다. 그러나 모를 일이다. 사람은 얼마든지 겉을 꾸며낸다. 바른 척하고, 잘났다고 믿는 사람일수록 남을 잘 속이고, 제 속도 잘 감춘다.

"너 때문에 주영민이 죽었는데, 뭘 그렇게 놀라는 척하냐?"

눈이 산만큼 커졌다.

"주영민한테 액상 니코틴을 훔치게 시켰잖아. 액상 니코틴 때문에 채예림이 죽었고. 그렇게 해놓고 모른 척, 아닌 척 하지 마."

나는 되도록 비꼬는 투로 말했다. 그 볼이 씰룩거렸고, 눈 밑에도 짙은 그늘이 퍼졌다. 나는 말을 이어갔다.

"물론 채예림을 죽일 뜻은 없었어. 콧대 높은 채예림을 꺾어 버리고 싶었겠지. 채예림을 둘러싸고 벌어지는 일을 속속들이 아는 너는 주현희와 연지아가 채예림을 재우고, 휴대전화를 빼앗아가는 모습을 보고는 이때다 싶어 머리를 굴렸지. 채예림에게 액상 니코틴을 넣은 뒤, 담배를 피운다고 소문을 내려 했어. 채예림이 혈액검사를 받게 해서 니코틴이 나오게 만들면 꼼짝없이 채예림은 무너질 테니까. 액상 니코틴까지는 손쉽게 손에 넣었어. 그런데 쓰러진 채예림을 두고 너무나 많은 일이 벌어져서 너도 조금은 어찌할 바를 몰랐을 거야. 그렇지만 일은 어쩌면 네 뜻보다 잘 풀렸어. 신경수와 백승우는 의심받을 만한 짓을 했고, 허수민도 멍청한 짓을 저질렀지. 너는 알리바이도 뚜렷했기에 틈이 나자마자 채예림에게 액상 니코틴을 집어넣기로 마음을 먹었어. 하지만 넣기 바로 앞서 조금 겁을 집어 먹어서, 액상 니코틴을 조금만 넣었지. 조금만 넣어도 월요일에 하는 피검사로 채예림이 담배 피우는 애로 찍히리라 믿었지. 모든 일이 잘 풀려갔는데, 안타깝게도 채예림은 심장이 좋지 않았어. 너는 몰랐지만 채예림은 어릴 때 심장 수술을 받았어. 작은 양이었지만 액상 니코틴이 핏속으로 바로 들어가니 심장이 약한 채예림에겐 무시무시한 독이 되고 말았어."

"말…도… 안 되는 … 소리 … 마!"

꽉 쥔 두 주먹이 부르르 떨렸다.

"야, 이진욱! 액상 니코틴을 훔치게 시킨 주영민이 모든 일을 털어놓을까 봐 주영민도 죽였니?"

"난 안 죽였어!"

"주영민을 안 죽였단 말이야? 아니면 채예림을 안 죽였단 말이야?"

"그건……."

이진욱은 어떻게 말할지 몰라 잠깐 머뭇거렸다. 또다시 볼이 심하게 떨렸다. 저 머뭇거림은 이진욱이 채예림을 죽였다는 뜻이었다.

"주영민 이야기는 나중에 하자. 아직 어떻게 됐는지 모르니까. 그렇지만 채예림은 너 때문에 죽었어. 그건 너도 알고, 나도 알아. 그렇지?"

그때였다.

이진욱이 주먹을 풀더니 몸을 뒤로 깊숙이 젖혔다가 똑바로 앉았다. 눈 밑으로 내려오던 검은 그늘이 사라졌고, 가끔씩 떨리던 두 볼도 발그레한 빛을 되찾았다. 커질 때로 커진 채 어쩔 줄 모르고 흔들리던 눈동자도 제자리를 찾았다. 그러자 어제 봤던 그 얼굴, 멋있고 단단해 보이던 그 얼굴로 돌아갔다. 심지어 입가에 비웃음까지 걸렸다. 이진욱은 벗겨지던 가면을 다시 단단하게 썼다.

"네 말은 그저 네가 지어낸 이야기일 뿐이야. 첫째, 주영민이 왜 내가 시키는 대로 따라 하지? 둘째, 나는 도서관에 있었는데 어떻게 교실에서 벌어지는 일을 다 알지? 셋째, 앞의 두 가지가 모두 된다고 해도 도대체 내가 무슨 수로 주영민에게 그 시간에 딱 맞춰 움직이라고 시키지? 휴대전화를 뒤져봤겠지만 흔적은 없어. 카톡이나 문자를 뒤져 봐. 거기도 나오지 않을 테니까. 도대체 무엇으로 네 말이 맞다고 뒷받침할래?"

이진욱다웠다. 반가웠다. 정말 반갑고 신났다. 이래야 한다. 내가 처음으로 프로파일러가 되어 진짜 범인을 잡는데, 조금 전처럼 속절없이 무서워하고 겁먹기만 하는 범인이라면 재미가 없다. 맞부딪쳐 와야 하고, 스스로가 저지른 범죄를 감추려고 애써야 한다. 그래야 파헤칠 맛이 난다. 물론 이미 누가 이길지는 정해졌다. 너는 질 거야, 이진욱!

"이진욱!"

차갑게 불렀다.

"왜?"

이진욱도 지지 않고 내게 맞섰다.

"내가 아무 근거도 없이 이런 말을 너한테 하겠냐?"

"……?"

"속으로 겁나 죽겠지? 맞아! 겁이 나야지. 그런 못된 짓을 해놓고 겁이 안 나면 사람이 아니지. 내가 말할까? 아니면 네가 다 털어놓을래?"

이진욱이 피식 웃었다.

"웃기는 놈일세."

이진욱이 팔짱을 끼며 말했다.

속에서 불쑥 노여움이 일렁였다. 못된 짓을 저질러놓고 뻔뻔하게 구는 놈을 볼 때마다 나는 불쑥불쑥 노여움이 일어난다. 내가 이러는 까닭은 엄마가 당한 아픔이 떠오르기 때문인지도 모른다.

엄마는 꽃 같은 나이에 임신을 했다. 엄마는 돌봐 줄 부모도, 친척도 없지만 나를 낳았고, 온 힘을 다해 길렀다. 그래서 나는 엄마를 정말 사

랑한다. 엄마가 그때 나를 뱃속에서 지워버렸으면 나는 태어나지도 못
했다. 나는 아빠가 누군지 모른다. 엄마는 아빠 이야기를 입에 올린 적
이 없다. 이모도 마찬가지다. 아무리 물어도 말해주지 않는다. 아빠라는
낱말을 접할 때마다 그리움과 미움이 뒤엉켰다. 내 입으로 아빠를 불러
보고 싶은 마음이 끓어오를 때는 사무치게 그립지만, 임신한 엄마를 두
고 떠나버린 무책임함을 곱씹을 때면 주먹이라도 한 대 날리고 싶을 만
큼 밉다. 미움이 일어나면 걷잡을 수가 없다.

　　못된 짓을 저지르고도 제 잘못을 뉘우치지 않는 이진욱을 보면서 엄
마를 버리고 떠나간 얼굴도 모르는 아빠가 떠올랐다. 그 무책임함과 뻔
뻔함이 지긋지긋하게 싫었다. 처음엔 이진욱을 범인으로 밝혀내기만
하려고 했지만, 이진욱이 하는 꼴을 보니 그냥 범인으로 밝히기만 하고
마무리 짓고 싶지는 않았다. 밑바닥 자존심까지 짓이겨서 무너뜨리고
싶었다. 내 안에서 못된 불꽃이 이글이글 불타올랐다. 어쩌면, 잠든 채
예림을 눈앞에 두고 노여움에 휩싸였던 허수민이 나와 엇비슷하지 않
았을까?
　　"너는 이 모든 일을 너만 안다고 믿겠지만, 네가 어떤 짓을 저질렀는
지, 어떻게 애들을 두 손에 움켜쥐고 쥐락펴락했는지, 나는 다 알아. 이
제부터 하나씩 밝혀주지."
　　나도 모르게 눈 아래 살이 떨렸다.
　　"주영민이 네가 시키는 대로 따라할 까닭이 없다고 말했지만, 내가
보기엔 아주 뚜렷한 까닭이 있어."

조금 뜸을 들였다.

"너도 알다시피 주영민은 동성애자거든."

"내가 주영민이 동성애자임을 알고 약점을 잡아서 써먹었다는 말이야?"

"그랬다면 너는 덜 나쁜 놈이지. 주영민은 너를 좋아했어. 아니 사랑했지. 그리고 너는 주영민이 너를 사랑하는 마음을 써먹었어."

"미친～!"

"사람이 사람을 사랑하는데 무슨 잘못이 있겠어. 그렇게 타고 났는 네 타고 난내로 살아온 사람은 죄가 아니야! 그 마음을 받아주지도 않을 거면서 못된 짓에 주영민을 끌어들인 너야말로 미친놈이지!"

"네 멋대로 지어내지 마."

"내 멋대로가 아니야. 난 봤어. 체육시간에 농구하는 너를 보는 주영민 눈빛과 목소리는 진짜로 사랑하지 않으면 지어낼 수 없어. 내 곁에서 나를 늘 그런 눈으로 보고, 나에게 늘 그런 목소리로 말하는 사람이 있기 때문에 내가 잘 알지."

"주영민이 동성애자란 말도, 주영민이 나를…, 더럽게…, …좋아한다는 말도 다 네가 지어낸 소설일 뿐이야."

이진욱이 빈정거렸다.

그래 실컷 빈정거려라! 태어나길 그러했고, 마음에 끌리는 대로 좋아했던 죄밖에 없는 애를 나쁜 일에 써먹고 죽음으로 이르게 한 죗값은 꼭 치르게 하고 말테니까. 나는 속으로 이를 갈았다.

"둘째, 너는 도서관에 있었는데 어떻게 교실에서 벌어지는 일을 다 알았을까? 가장 나를 괴롭히던 물음이었어. 한때 문가영이 범인이라고 생각했는데, 그때도 이 물음이 잘 풀리지 않았어. 어쩌다 보니 그렇게 됐다는 말밖에 할 수가 없었지. 이 모든 일을 어떻게 알았을까? 채예림이 신경수에게서 액상 니코틴을 훔친 일은 어떻게 알았을까? 채예림이 6시에 쓰러지고, 주현희가 다녀간 시간은 어떻게 알았을까? 허수민은 미친 짓을 한 뒤에 딱 시간에 맞춰 어떻게 교실에 다시 나타났을까? 도대체 어떻게 했을까?"

나는 정말 모르는 척하며 눈동자를 굴린 뒤, 이진욱 눈을 빤히 쳐다봤다.

"어떻게 했어? 이진욱! 네가 이제라도 말하면 너는 덜 나쁜 놈이야."

이진욱은 낯빛 하나 바꾸지 않았다.

"그럴 줄 알았어. 모른 체 해야 진짜 나쁜 놈이지. 나쁜 놈이어야 밝히는 맛도 나고. 나도 미치도록 궁금했어. 그 점만 밝히면 범인이 드러나는데 모르겠단 말이야. 그러다 문득 데페이즈망! 어울리지 않는 낯선 상자가 낯선 곳에 있음을 알아차렸지! 그리고 프로그래밍을 아주 잘하는 둘이 떠올랐어. 곽민기와 현주완! 그러자 쫙 풀렸지. 아, 곽민기네! 곽민기가 도왔구나!"

"곽민기가 날 왜 도와?"

목소리가 살짝 떨렸다. 그래, 떨려야지. 떨리지 않으면 네가 16살 청소년이 아니지!

"어떻게 곽민기가 네 말을 잘 듣는 애가 됐는지는 모르겠지만, 곽민기가 네 말대로 움직인다는 증거는 있어. 사회 수행평가를 할 때, 너는 곽민기에게 제대로 읽지 말라고 시켰어. 채예림 점수를 깎으려는 뜻이었지. 아무리 곽민기가 말을 또렷하게 못하긴 하지만, 채예림이 읽으라고 써 준 글조차 못 읽는 바보는 아니야. 과학 수업을 할 때 곽민기 말을 듣고 난 뒤에 알았지. 사회 수업 끝나고 채예림이 너한테 '나 따라잡으려고 너 꼬봉 곽민기한테 말 잘 못하라고 시키지 않았어?' 하고 따졌는데, 그때는 말도 안 된다고 여겼지만, 과학 수업 때 곽민기 모습을 보고는 채예림 말이 맞겠다 싶었어. 굳이 나서지 않아도 되는데 채예림이 곽민기를 나무랄 때 네가 곽민기를 지키려 들었어. 점심때도 네 바로 옆에 곽민기를 앉혀 두고 둘이 귓엣말을 나눴지. 꽤나 가까운 사이라는 증거야. 아마도 너는 곽민기를 지켜주고, 곽민기는 네가 바라는 바를 들어주었겠지. 어쩌면 네가 하는 수많은 과학 숙제나 연구도 곽민기가 너 대신 했을지도 모르겠단 생각이 드네. 안 그래?"

"네 생각일 뿐이야."

이진욱은 눈도 깜짝 않고 똑같은 말을 되풀이했다. 이젠 떨림조차 없었다. 가면이 점점 두꺼워졌다.

"곽민기 도움을 받아서 너는 교실에 스마트폰으로 CCTV를 만들었어. 여느 학생들에게야 어려운 일이지만, 로봇 프로그래밍까지 하는 곽민기에게 그런 일은 식은 죽 먹기지. 어제뿐 아니었어. 너는 우리 반 반장이 된 뒤로, 스마트폰을 네가 거둬서 상자에 놔두는 일을 한 뒤로, 꾸준히 스마트폰을 CCTV로 써서 반을 몰래 살폈어. 네가 없을 때, 쉬는 시간에, 방과 후에 어떤 일이 벌어지는지 알려고 말이야. 어쩌면 수업을 할 때 네가 보지 못하는 모습을 아는데 써먹었을 수도 있지. 증거가 있냐고 따지려고 했지? 물론 있지. 애들 스마트폰을 거둬서 놔두는 상자, 수많은 그림말(이모티콘)이 붙어 있는 칠판 옆 벽에 붙은 상자, 그 상자 앞부분에 구멍이 있어. 그리고 상자에 난 구멍은 안에서는 밖이 보이지만 밖에선 안을 볼 수 없는 딱지로 가려져 있어. 도대체 거기에 구멍이 왜 있을까? 상자 안에 스마트폰을 단단하게 세워두는 받침대까지 두고 말이야. 그냥 스마트폰을 넣어두는 상자라면 그런 받침대와 구멍이 있을 까닭이 없어. 안 그래?"

"그…렇다고 해도, 구멍과 받침대가 있다고 해도, 그건 그냥 구멍과 받침대일 뿐이야. 내가 CCTV를 만들었다는 증거는 어디에도 없어."

물론 이제까지 한 말은 모두 내 어림이다. 그러나 나는 내 생각이 옳다고 믿는다. 증거가 내 손에는 없지만 어디 있는지도 안다. 아직 찾으러 가지 않았을 뿐이다.

"셋째 물음까지 풀어주고 나서 증거 이야기는 하자. 뭐, 증거가 발이 달려서 어디로 가지는 않으니까. 너는 네가 무슨 수로 주영민에게 그 시간에 딱 맞춰 움직이게 시킬 수 있느냐고 물었어. 휴대전화 기록도 없고, 카톡이나 문자 기록도 없는데 말이지. 지하 1층에 있으면서 6층에 있는, 더구나 모둠을 하는 주영민을 때맞춰 움직이게 하는 방법, 액상 니코틴을 훔쳐서 어디에 두라고 시키는 방법, 없을 줄 알았는데 있더라고. 시키긴 하되 흔적은 남지 않게 하기! 어떻게 하면 될까 나도 많이 생각했어. 가만히 생각해보니 딱 한 가지뿐이더라. 그래서 네 스마트폰, 주영민 스마트폰, 곽민기 스마트폰을 뒤졌지. 그리고 오직 세 사람에게만 있는 메신저 프로그램을 찾아냈어. 바로 텔레그램 메신저(Telegram

Messenger).

텔레그램 메신저는 다른 나라에 서버를 두고 있을 뿐 아니라, 남다른 통신기술 덕택에 흔적을 남기지 않아. 비밀 메시지를 쓰면 아무도 들여다 볼 수가 없고, 정해 놓은 시간이 지나면 지워지기까지 하니 누구에게도 들키지 않고 문자를 주고받을 수 있지. 텔레그램은 남모르게 못된 일 시키기엔 딱 좋아. 텔레그램 메신저를 뒤져봤더니 너와 곽민기가 비밀 메시지를 나누는 방이 있고, 너와 주영민이 비밀 메시지를 나누는 방이 있었어. 방을 봤더니 메시지를 보고 나면 1분 뒤에 지워지게 해 두어서, 메시시는 없었어. 이쯤 되면 대답은 되었지?"

"그…렇…다고, 그게 내가 주영민에게 뭘 시켰다는… 증거는 아니야."

이진욱 목소리가 다시 떨렸다. 살짝 더듬기까지 했다.

"아 그렇긴 해. 어쨌든 나는 네가 나한테 한 물음에 다 답을 했어! 어때, 깜짝 놀랐지? 어떻게 다 알아냈는지 놀랍지 않아? 안 놀랍니?"

이진욱은 똥 씹은 얼굴로 나를 볼 뿐 아무 대꾸도 안 했다.

"증거가 없다고 끝까지 믿는 모양인데, 안타깝게도 너를 옴짝달싹 못할 증거는 바로 네 방에 있을 거야. 스마트폰으로 CCTV를 만들어 놓아도, 수업을 하는 네가 하루 내내 그걸 볼 수는 없겠지. 스마트폰으로는 너와 곽민기만 아는 인터넷 사이트에 들어가서 바로 볼 수는 있겠지만, 녹화를 할 수는 없으니까. 그런데 너는 하루 동안 교실에서 일어난 모든 일을 알고 싶어했지. 그리고 네가 교실에서 일어나는 모든 일을 알아내는 길은 딱 하나야. 바로 네 방에 대용량 컴퓨터를 마련해 놓고 날마다 녹화를 하는 거지. 움직임이 있을 때만 녹화를 하거나, 시간을 정해놓고 녹화를 하거나, 아니면 네 스마트폰으로 조종했겠지. 네 스마트폰에 그런 프로그램이 없는 걸 보면 아마 곽민기가 만든 인터넷 사이트에 들어가서 했을 거야."

나는 얼굴을 쑥 내밀어 이진욱 얼굴 가까이 다가가, 눈을 똑바로 쳐다봤다.

"이게 무슨 말인지 알아? 아직 모르겠니? 네 방을 경찰이 뒤지면 모든 증거가 나온다는 뜻이야. 아마 네 방에는 CCTV로 써먹은 스마트폰이 있을 거야. 거기에는 곽민기가 깔아 놓은 프로그램도 있겠지. 대용량 배터리도 몇 개 나올 테고. CCTV로 스마트폰을 써먹으려면 대용량 배터리가 꼭 있어야 하니까. 무엇보다 네 방 컴퓨터엔 CCTV영상이 남아 있을 거야. 낮에 네가 보지 못한 영상을 보려면 녹화를 해 두어야 하니까. 한 번 녹화된 영상은 지워도 흔적이 남아. 더구나 어제 찍은 영상이야 지웠더라도 금방 되살릴 수 있을걸. 아마 채예림이 아이스크림을 먹고 쓰러진 영상, 주현희가 휴대전화를 가져간 영상, 주영민이 액상 니코틴을 훔쳐간 영상, 신경수와 백승우가 들어와서 사물함을 뒤진 영상, 허수민이 들어와서 미친 짓을 벌인 영상이 있겠지. 어쩌면 네가 채예림에게 니코틴을 주입한 영상도 있을지 몰라. 아마도 너는 집에 가서 그 영상을 다시 봤겠지. 그리고 이 모든 영상은 너에게 엄청난 힘을 줘. 왜냐하면 애들 약점을 딱 잡았으니까 말이야. 채예림 못지않게 콧대 높은 허수민을 꺾어버릴 힘도 생겼어. 주현희와 연지아를 옴짝달싹 못하게 만들 힘도 쥐었어. 못된 짓을 자주 벌이는 백승우와 신경수도 손아귀에 넣었어. 그 영상들을 보고 좋아했을 네 모습이 눈에 선하다! 엄청 좋아했지? 안 그래? 나라도 미치고 팔짝 뛸 만큼 좋아했을 거야."

이진욱 턱이 흔들렸다. 윗니와 아랫니가 부딪치며 덜그럭거리는 소리가 났다. 내 귀엔 두꺼운 가면이 깨지는 소리로 들렸다.

"그…럴…게 될 줄은… 몰랐…어."

이진욱은 입을 열었지만 말을 제대로 잇지 못했다. 나는 주머니에서 휴대전화를 꺼냈다. 통화하는 소리가 이진욱에게도 들리게 만들었다.

"이모! 다 들었죠?"

"그래. 다 들었어."

"이진욱 집 뒤져봐요."

"안 그래도 이미 말해놨어. 곧바로 영장 받아서 이진욱 집을 뒤질 거야."

"통화는 여기까지만 할게요."

나는 전화를 끊고 휴대전화를 주머니에 넣었다.

이진욱은 펑펑 울었다. 굵은 눈물이 떨어졌다.

"한마디만 더 하자면……."

나는 다시 내 얼굴을 이진욱 얼굴에 가까이 댔다.

"나는 네 마음을 다 알아. 왜냐하면 나도 너처럼 애들을 내 손아귀에 움켜잡고 싶은 마음이 굴뚝같기 때문이야. 어제 하루 동안 네가 하는 말, 몸짓, 얼굴빛을 살피면서 알았지. 너는 나랑 엇비슷한 사람이라고. 교실 안에서 벌어지는 수많은 일들, 애들 사이에 숨겨진 이야기를 알면 힘이 생겨. 그런 식으로 내가 예전 학교에서 모든 애들을 손아귀에 쥐어

봤기 때문에 네 안에 꿈틀대는 못된 마음을 잘 알아. 나도 남들 약점 쥐어서 흔들려고 하는 점에선 너 못지않게 못된 놈이야. 그렇지만 다른 점이 뭔지 아니? 나는 다른 사람을 짓밟는데 내 힘을 쓰지는 않아. 나는 내 힘을 힘없는 애들을 지키는데 써. 너는 너보다 센 채예림을 무너뜨리고, 주영민 같은 애 약점 잡아서 네 마음대로 부려먹고, 지켜줄 마음도 없으면서 곽민기처럼 깨끗한 애 마음대로 써먹으려고 힘을 얻고자 했어. 너 같은 놈들은 힘이 생기면 꼭 못된 짓을 해. 똑똑하지만 바르지 못하고, 힘은 있지만 약한 사람 짓밟으려는 너 같은 놈들은 이 사회에 있어서는 안 되는 악당이야."

더 퍼붓고 싶었지만 엉엉 우는 이진욱이 살짝 불쌍한 마음이 들어서 멈췄다. 가면이 벗겨진 이진욱은 그저 그런 16살 청소년일 뿐이었다.

"죽을 줄 몰랐어. 엉엉! 진짜 조금만 넣었다고. 엉엉! 난 그냥 채예림이 담배 피운다는 소문을 내고 피검사를 받게 해서 무너뜨릴 생각뿐이었어. 엉엉! 죽일 뜻은 없었다고."

이진욱은 두 손으로 얼굴을 가리고 하염없이 울었다. 울음소리가 교실 밖까지 들릴 만큼 컸다. 나는 자리에서 일어났다. 그때 문이 열리고 이모가 나에게 나오라는 손짓을 했다.

슬픈 눈동자

이모는 상담실 구석진 곳으로 나를 데려가더니 어깨를 두드렸다.

"잘했어. 네 덕을 크게 보네."

"나중에 맛있는 밥이나 사."

"알았어. 그리고 주영민 말이야."

"……?"

"자살이 아니야."

"정말?"

그나마 자살이길 바랐는데 타살이라니, 놀라움보다는 답답함이 밀려들었다.

"주사기에서 주영민 오른손 지문이 나왔고, 주사기는 왼쪽 목을 찔렀어. 그런데 주사기에 찍힌 지문 모양이랑 찔린 곳을 견줘보니 사람이 그렇게는 찌를 수가 없다고 해. 감식반 말로는 다른 사람이 오른손으로 주영민 왼쪽 목을 찌른 뒤, 주영민이 오른손으로 찌른 척 꾸몄다고 봐야 한대. 그리고 유리창이 깨질 때 위층에서 아래층으로 서둘러 뛰어 내려가는 이진욱을 본 사람이 둘이나 나왔어. 한 명은 안대수 선생님이고, 다른 한 명은 조현승이야. 둘은 서로 다른 곳에서 이진욱을 보았지만 시간도, 본 모습도 똑같았어."

이진욱이 주영민까지 죽였다고 생각하니 끔찍했다. 채예림은 죽일 뜻이 없었기에 과실치사지만, 주영민은 죄를 감추려고 일부러 죽였기에 결이 다른 살인이다. 잘못을 가리려고 하면 더 큰 잘못을 저지른다. 이진욱이 딱 그랬다.

"이제부터는 경찰 일이야. 내가 이진욱을 피의자로 조사할 거고, 변호사도 들어와야 해."

"이곳에서 다 할 생각이야?"

"여긴 학교니까 빨리 비워줘야 해. 조금만 물어보고 경찰서로 데려가야지. 이제 그만 가 봐. 몇 가지만 마무리하고 다들 집으로 보내줄 테니까. 오늘, 많이 힘이 됐어. 고마워."

내 어깨를 두드리고는 이모가 조사실로 들어갔다. 나는 밖에서 잠깐 머물렀다. 자리를 뜨고 싶었지만 발이 떨어지지 않았기 때문이다. 가슴이 쓰라렸다. 범인은 잡았지만 마음은 잡기 전보다 훨씬 무거웠다. 이진욱이 못된 놈이긴 하지만, 사람을 죽일 만큼 못된 놈은 아니었다. 어쩌다 보니 일이 나쁜 쪽으로 흘렀을 뿐이다. 조금만 생각을 달리 했더라면 이런 슬픈 일은 일어나지 않았을 텐데, 안타까움이 나를 무겁게 짓눌렀다.

조사실 안에서 이모 목소리가 들렸다.

"제대로 된 조사는 경찰서에 가서 변호사가 오면 할게. 그나저나 왜 그랬니? 아무리 들통날까봐 겁이 났다고 해도 주영민까지 죽여야 할 까닭이 있었니?"

"안 그랬어요. 안 그랬다고요. 채예림은 제가 그랬지만, 주영민은 안 그랬어요."

이진욱은 울부짖으며 범인이 아니라고 발뺌했다. 그럴 수밖에 없다. 과실치사와 죽일 뜻을 품고 저지른 살인은 결이 다르기 때문이다. 이진욱도 그 점은 잘 알기에 처음엔 발뺌할 수밖에 없다. 나중엔 다 드러날 텐데도 말이다.

"진짜 아니에요. 11시30분 쯤, 1층에 머물 때였어요. 주영민이 저한 테 다가와서 12시에 4층 남자 화장실에서 보자고 했어요. 무엇 때문인 지 몰라도 잔뜩 겁을 집어먹은 얼굴이었어요. 왜 그러냐고 물어도 12시 에 이야기하자면서 말을 안 해줬어요. 저도 더 물어보지 못하고, 걱정 을 하면서 12시에 4층 남자 화장실로 올라갔어요. 안 들키게 3층 폴리 스라인을 거쳐서 4층 쪽으로 올라가는데 갑자기 유리창이 깨지는 소리 가 들렸어요. 깜짝 놀라서 다시 뛰어 내려갔어요. 이러다 들키면 큰일 나겠다 싶었거든요. 거기서 들키면 누가 봐도 의심을 살 테니까요. 그뿐 이에요. 저는 진짜 주영민을 죽이지 않았다고요."

이진욱은 울고불고 하면서 제가 안 했다고 끝까지 우겼다.

나는 고개를 절레절레 흔들며 발을 옮겼다. 더는 듣고 싶지 않았다. 저렇게 버티다가 곧 있는 그대로 털어놓게 된다. 이젠 이모 말대로 경찰 몫이다. 내가 할 일은 끝났다. 문을 열고 밖으로 나왔다. 슬비가 밝은 낮

빛으로 나를 맞이했다.

"환한 얼굴일 줄 알았는데, 아니네."

슬비가 낯빛을 걱정으로 바꾸며 물었다.

"나도 밝히고 나서 가벼울 줄 알았는데, 도리어 마음이 무거워. 왜 저렇게 됐을까 싶어서. 16살 학생이 둘씩이나 죽었잖아. 그것도 같은 반 친구한테. 끔찍한 일이야."

슬비가 내 손을 꼭 잡았다.

"그래, 같이 한 반에서 지내지 않은 나도 가슴 아픈데 너는 오죽하겠니. 남은 애들도 정말 힘들겠다."

슬비 손에서 흘러온 따스함이 내 몸 곳곳으로 퍼졌다. 무거운 돌덩이를 인 듯했던 어깨가 조금은 가벼워졌다. 우리는 손을 꼭 잡고 말없이 복도를 걸은 뒤 계단을 내려왔다. 계단을 내려오며 슬비가 말했다.

"그나저나 왜 하필 그때 유리창이 깨졌을까?"

"그야 알 수가 없지만, 어쩌면 유리창이 깨지는 바람에 이진욱이 놀라서 주영민을 죽였을지도 모르고, 아니면 경찰이 그쪽에 마음을 쓰느라……."

계단 끝자락에서 나는 우뚝 멈춰 섰다. 몇 걸음 더 걷던 슬비는 내가 움직이지 않자 어리둥절하며 뒷걸음질을 쳤다. 우리 둘을 따라오던 경호원들도 내 바로 뒤에서 멈췄다.

'유리창! 유리창! 왜 그 생각을 안 했을까? 살인이 벌어진 그때 일어난 일인데 왜 그 생각을 안 했을까? 이진욱 때문에 누가 유리창을 깰까? 또 다른 누가? 그럴 리가 없다. 이진욱은 이번에야말로 바깥과 이어진 끈이 없었다. 무엇보다 유리창이 깨지는 바람에 티도 내지 않고 죽이고 내려오려는 뜻이 어긋나고 말았다. 아니다. 유리창을 깨서 사람들 눈을 그쪽으로 쏠리게 하고 주영민을 죽이지 않았을까? 그렇다고 해도 어떻게 유리창을 깼지? 학교 건물 뒤 언덕에서 쇠구슬을 던져서, 아니면 다른 무엇으로?

깨진 유리창에 물음을 품자 꼬리에 꼬리를 물고 또 다른 물음이 이어졌다. 이진욱이 정말 주영민도 죽였을까? 12시면 이진욱이 아직 범인으로 몰리지 않은 시간이다. 물론 내가 이진욱이 범인임을 알아내고 드러낼 생각이었지만, 나를 만나기 전까지 이진욱과 주영민은 알리바이 때문에 아무런 의심을 받지 않았다. 도리어 문가영이 가장 의심을 받았다. 이진욱은 가만히 있으면 되었다. 주영민도 가만히 있으면 되었다. 주영민이 털어놓을까 봐 두려워서 이진욱이 그랬을까? 과연 주영민이 털어놓을 낌새를 보였을까? 동성애자임을 알고, 제 마음 깊이 사랑하는 이진욱을 망가뜨리는 이야기를 털어놓을까? 주영민이 범인으로 몰리기라도 했으면 모르되 그러지도 않았는데, 나서서 같이 범죄를 저질렀노라고 말하려 했을까? 조사실에서도 맑고 밝게 웃기만 하던 주영민이었는데, 정말 그런 마음이 있었을까? 제가 저지른 일을 말하면 제 삶도 망가지는데 과연 나설까? 아니면 주영민은 그냥 들킬까 봐 걱정된다고 말했는데, 이진욱은 주영민이 털어놓을지도 모른다고 생각해서 입을 막아버리려고 죽였을까?

모르겠다. 말이 되기도 하지만, 말이 안 되기도 했다. 내 머리에 떠오른 생각 가운데 무엇이 참이고, 무엇이 거짓인지 알 수가 없었다. 도대체 진짜 프로파일러들은 어떻게 해서 떠오르는 수많은 생각 가운데서 진짜와 가짜를 나누고, 범인을 좁혀 나갈까? 머리가 지끈거렸다. 그때 이진욱이 주영민을 두고 한 말이 떠올랐다.

'무엇 때문인지 몰라도 잔뜩 겁을 집어먹은 얼굴이었어요'

그 말이 진짜일까? 진짜라면 주영민은 왜 겁을 집어 먹었을까? 무엇이 두려웠지? 누가 두려웠다는 말이 맞지 않을까? 주영민은 도대체 누구를 두려워했을까? 어떻게 해서 하필 둘이 만나기로 한 딱 그 시간에 유리창이 깨졌을까? 어쩌다…어쩌다… 시간이 맞아서?

실타래는 다시 꼬였다. 다 풀어낸 줄 알았던 실타래가 다시 꼬였다. 처음보다 더 꼬이고 말았다. 나는 걸음을 옮겼다. 아이들이 모여 있는 영어전용교실 앞 복도에 섰다. 염경장이 칠판 앞에 있었다. 낯설었다. 경찰이 학생들을 모아놓고 얘기하는 모습이 참으로 낯설었다.

곽민기가 일어서는 모습이 보였다. 염경장은 곽민기 팔짱을 끼고 밖으로 나왔다. 교실에선 부스럭거리는 소리조차 들리지 않았다. 곽민기와 염경장이 내 옆을 지나쳐 계단으로 오르려 했다.

"염경장님! 잠깐만요."

곽민기와 이야기를 나누고 싶었다.

"민기와 잠깐 얘기 좀 할게요."

염경장은 곽민기 몸을 돌려 세웠다.

"네가 이진욱에게 스마트폰으로 CCTV 만들어 줬지?"

말이 없었다.

"다 알아. 너밖에 없으니까. 그리고 텔레그램 비밀 메시지로 너한테 이런저런 일 시킨 적도 많지?"

꽉 닫힌 입은 열릴 줄 몰랐다.

"스마트폰으로 CCTV 만들어 준 일, 이진욱 말고 따로 아는 사람 없니?"

내 눈을 피하기만 하던 곽민기가 내 눈을 봤다. 눈동자가 슬퍼 보였다. 진한 아픔이 묻어나는 눈동자였다. 꽉 다문 입 안에 도대체 무슨 속을 감추었을까? 차라리 과학도 못하면 괜찮을 텐데 과학은 빼어나게 잘하고, 다른 과목은 제대로 할 줄도 모르는 스스로를 보며 얼마나 답답하고 괴로울까? 과학을 저보다 못하는 애들이 스타사이언스에 들어가 잘난 척하고, 과학고에 간다고 따로 수업 듣고, 선생님들이 챙겨주는 모습을 보며 얼마나 속이 쓰릴까?

염경장은 곽민기가 아무 말도 하지 않자 곽민기를 데리고 계단을 올라갔다. 염경장에게 끌려가는 곽민기가 한없이 불쌍해 보였다. 내 눈에 이슬이 맺혔다. 슬비가 손으로 내 눈물을 닦아주었다.

"가슴 아프지?"

"저 애를 보니 안타깝고 슬퍼."

"그러네. 딱 보기에도 답답해 보인다."

"참 뛰어난 앤데."

"칫, 그렇게 말하니까 꼭 선생님 같다."

"내가 무슨 선생님……, 아~! 설~마!"

몸에 전기가 흘렀다. 머리 뒤끝에서 발끝까지 무시무시한 전기가 흘렀다. 그런 생각을 하다니, 내가 한 생각에 내가 두려움을 느꼈다. 진짜

일까? 설마 그럴 리가 없다. 설마! 그러나……!

'너야말로 스타사이언스에 잘 어울리는데 말이야'

그럴 리가 없다. 그럴 리가 없다. 그러나 생각할수록 모든 일이 앞뒤가 딱딱 맞아 떨어졌다. 어쩌면 채예림을 죽인 진짜 범인도 그 사람인지 모른다. 정말 그럴까? 진짜 그럴까? 말도 안 된다. 말이 안 된다. 그러나 말이 된다. 그 사람이면 모두 말이 된다. 신처럼, 이 모든 일을 내려 보며, 제 속에 감춰둔 노여움을 터트린 사람, 딱 그 사람밖에 없다. 아무리 다시 따져보고, 뒤집어 봐도 그 사람밖에 없다.

내 생각이 맞을까? 정말 내가 생각한 대로 채예림을 죽이고, 주영민을 죽였을까? 모른다. 알 수가 없다. 그저 내 생각뿐인지도 모른다. 이진욱이 모든 일을 저질렀다는 점을 받아들이기 힘들어서 내가 엉뚱한 생각을 하는지도 모른다. 시간이 지나고 나면 터무니없는 생각으로 밝혀질지도 모른다. 그러나 꺼림칙하다. 12시에 딱 맞춰 깨진 유리창이 내내 꺼림칙하다. 누가, 왜, 어떻게, 그 시간에 깼을까 생각해 보면 그 사람밖에 없다. 주영민을 겁에 질리게 할 사람도 그 사람밖에 없다.

그때 교실 문을 열고 그 사람이 나왔다. 슬비는 따라오지 못하게 하고 그 사람을 쫓아갔다. 2층으로 올라가려는 그 사람에게 승강기를 타고 6층으로 가자고 했다.

창문이 열린 까닭

"나를 여기서 따로 보자고 한 까닭이 뭐니?"

"이야기를 나누고 싶어서요."

"무슨 이야기인지 궁금하네. 차 한 잔 줄까?"

"네."

안대수 선생님은 실험실 귀퉁이로 가서 차를 탔다.

안대수 선생님이 머무는 로봇전자공학실험실을 둘러보는데 그야말로 놀라웠다. 웬만한 대학에 가도 이런 실험실이 있을까 싶었다. 뒤쪽 벽 선반에는 로봇을 만드는데 들어가는 부품들이 가득했고, 복도와 창문 쪽에 놓인 선반에는 이미 만들어 놓은 작은 로봇들이 엄청나게 많았다. 실험실은 가운데가 텅 비어 있고 칠판에서 왼쪽에 책상 네 개, 오른쪽에 책상 네 개, 맞은편에 책상 두 개가 있었다. 책상에는 의자가 네 개, 컴퓨터도 네 대가 있었다. 마우스와 자판, USB포트와 모니터는 책상 위에 놓았고, 컴퓨터 본체는 책상 아래쪽 속이 보이는 플라스틱 안에 들어 있었다. 책상을 슬쩍 밀어봤는데 바닥에 단단히 붙여 놓은 듯 움직이지 않았고, 본체를 담은 상자도 책상에 붙여놓았는지 꿈쩍도 안 했다. 책상 서랍은 속이 보이는 플라스틱이었는데 안에는 작은 모터, 전선, 기어, 드라이버 등 로봇을 만들 때 쓰는 작은 물건들이 가득했다. 교실 앞에는 칠판은 없고 대형 LED모니터가 있었는데, 아마도 선생님 책상 컴퓨터 화면을 띄워주는데 쓰는 듯했다. 선생님이 앉는 책상에 놓인 컴퓨터는 여느 컴퓨터랑 달랐다. 크기도 컸고, 모니터도 세 개나 되었다. 로봇전자공학실험실 문은 앞쪽에 하나밖에 없었고, 선생님이 앉은 책상 뒤쪽에 문이 있는데, 문에는 '과학기자재실'이란 팻말이 붙어 있었다.

"여기서 로봇 만들기를 배우나 보네요?"

"로봇뿐 아니라 정보통신기술과 관련한 거의 모든 걸 가르쳐. 물론 중학교다 보니 생각처럼 어렵지는 않아."

"저 뒤에 과학기자재실엔 뭐가 있나요?"

손가락으로 가리키면서 물었다.

"여기는 애들이 함부로 만지면 안 되는 화학약품이나 로봇 핵심 부품들이 있어. 내가 여기 관리책임자지. 여기서 실험도 하고, 연구도 하고, 학생들이 하는 프로젝트도 이곳에서 도와주지. 그러다 보니 내가 주로 여기서 지내."

30대 남자 선생님이 주로 지내는 실험실이라고는 믿기지 않을 만큼 깨끗했다. 바닥에 작은 부스러기도 없었고, 책상 위도 깔끔했다. 선반에 놓인 로봇들과 부품들도 가지런했다. 책상 위는 바로 조금 전에 치운 듯했다. 김경아 선생님 책상이 쓰레기장이라면 안대수 선생님 책상은 잘 가꾼 꽃밭이었다.

물 끓는 소리가 사라지면서 따뜻한 차가 내 손에 쥐어졌다. 안대수 선생님은 다리를 꼬고는 뜨거운 차를 가볍게 한 잔 마셨다.

"그나저나 여기 실험실을 구경하려고 나와 이야기하자고 하지는 않았을 텐데……."

"정말 선생님이 계신다는 로봇전자공학실험실을 구경하고 싶었어요. 제 생각이 맞나 보려면 이곳에 와야 했거든요. 흘려들은 말로 제 생각을 뒷받침할 수는 없으니까요."

"흘려들은 말은 무엇이고, 네 생각은 무엇인지 궁금하네."

안대수 선생님이 '궁금하네'란 낱말을 내뱉을 때, 마침내 나는 내가 찾고자 하는 두 가지를 한꺼번에 찾아냈다. 이제 내가 풀어야 할 궁금증은 하나만 남았다.

"궁금해서 그러는데, 뒤에 과학기자재실을 살짝 봐도 되나요?"

나는 선생님 물음에 답을 하지는 않고 내 나머지 궁금증을 푸는 쪽으로 끌고 나갔다.

"안 돼. 여기는 학생들에게 보여주지도, 들어가게 하지도 않아."

안대수 선생님은 조금 전과 다르게 딱딱한 얼굴로 내 말을 튕겨냈다.

과학기자재실을 보지는 못했지만 꼭 볼 까닭은 없었다. 내 생각을 뒷받침할 증거는 이미 찾아냈기 때문이다.

"과학기자재실이 궁금한 모양이지만 네 궁금함은 내가 풀어주지 못해. 그렇지만 내 궁금함은 네가 풀어줄 수 있지 않을까?"

"물론 풀어드려야죠. 제가 무슨 말을 할지 궁금하시죠? 저도 궁금해요. 선생님이 왜 그러셨는지."

안대수 선생님은 눈을 껌벅거렸다. 내 말이 무슨 뜻인지 아직도 알아차리지 못한 듯했다.

"뭔 말이니?"

"선생님이 그 누구보다 잘 아시잖아요. 왜 그러셨어요?"

그때서야 안대수 선생님 얼굴이 로봇처럼 딱딱하게 굳었다.

"너, 무슨 말이냐?"

나는 학생들이 앉는 의자 한 곳에 앉아 왼손으로 턱을 괴고 머리를 살짝 기울인 채 안대수 선생님을 봤다. 오늘 여러 차례 느끼는데, 사람 속은 참 알 수가 없다. 나는 턱을 괸 채로 머리를 살짝 틀어서 복도 쪽 창문을 보고는 말을 이었다.

"비싼 물건들이 가득 든 로봇전자공학실험실인데, 저기 복도 쪽 창문이 열렸네요."

안대수 선생님 눈도 그쪽으로 향하다 돌아왔다.

"그러게. 어제 그 일 때문에 깜빡 잊고 안 닫았나 보네."

안대수 선생님이 일어나려고 했다.

"가만히 앉아 계세요. 저 열린 문도 증거니까."

일어나려던 안대수 선생이 주춤거리며 자리에 앉았다.

"너 선생님한테 무슨 짓이니?"

나는 턱을 괸 손을 풀고 반듯하게 앉았다.

"선생님이야말로 학생들에게 뭐하는 짓이세요?"

나도 지지 않고 선생님을 매섭게 쳐다봤다. 잠깐 두 눈이 불꽃처럼 엉켰다. 갑자기 안대수 선생님이 딱딱한 얼굴을 풀더니 낯빛을 부드럽게 바꾸었다.

"나한테 할 말이 있나 본데, 말을 해 봐. 누구보다 깍듯하던 홍구산은 어디 가고 선생님 앞에서 왜 이렇게 버릇없이 구는지 들어야겠다."

"다 알아냈다고 믿었는데, 앞뒤가 다 맞아 떨어진다고 생각했는데, 딱 하나 유리창이 걸렸어요. 왜 그때, 주영민이 이진욱을 만나자고 한, 바로 그 시간에 유리창이 깨졌을까요? 한두 장도 아니고 십여 장이 넘는 유리창이 두 번에 걸쳐, 마치 사람들을 그쪽으로 불러 보이려는 듯! 이진욱과 주영민이 남자 화장실에서 만나기로 했는데, 하필 여자 화장실 쪽 복도 유리창이 깨졌을까요? 마치 눈길을 다른 곳으로 돌리려는 듯! 어쩌다 때맞춰 일어난 일이라고 여기기엔 꺼림칙해요. 쇠구슬로 유리창을 깨려면 Y자 새총으로 쏘거나, 다른 발사체가 있어야 해요. 그렇지만 한꺼번에 여러 유리창을 깨려면 Y자 새총으로는 어렵죠. 여러 명이 한꺼번에 쏘면 되지만, 그러면 잡힐지도 모르죠. Y자 새총이 아니라면 다른 발사체가 있어야 하는데, 흔적도 남기지 않고 쏠 수 있는 발사체, 그게 뭘까요?"

안대수 선생님은 어깨를 올리고 양손을 들었다 놨다. 모르겠다는 몸짓이었다.

"주영민은 목에 있는 경동맥을 주사바늘에 찔려 죽었어요. 경동맥이 터져 과다출혈로 죽었죠. 자살처럼 보이려고 꾸몄지만 자살은 아니었어요. 이진욱이 주영민을 죽이고 자살처럼 꾸몄을까요? 그런데 주영민과 이진욱이 얘기를 하다가 이진욱이 주사기로 찌르는 모습을 떠올려보세요. 갑자기 찌르니까 주영민이 속절없이 당했다고 쳐요. 경동맥을 찔렀으니 피가 솟구쳤을 테고, 주영민은 그곳을 손으로 막으며 뒹굴었겠죠. 이진욱은 뒤로 물러섰을 테고, 화장실은 피범벅이 되었어요. 그 다음 이진욱은 주사기에 묻은 제 지문을 닦고 주영민 오른손 지문을 묻힌 뒤 바닥에 놓았어요. 주사기엔 주영민 지문과 피가 묻었죠. 찌르자마자 피가 튀고, 주영민이 화장실 곳곳을 뒹굴 때 이진욱은 어디 있었을까요? 피가 묻을지 모르니 화장실 밖으로 나갔다가 주영민이 죽은 뒤에 다시 들어와 자살인 척 꾸몄을까요? 이진욱 몸에서 피 한 방울 튀지 않았어요. 그 말은 주사기로 목을 찌르고 재빨리 화장실 밖으로 나갔다가 주영민이 죽은 뒤 다시 들어왔다는 뜻이에요. 바닥에 피가 흐르고, 경동맥이 찔려서 피가 곳곳에 뿌려졌는데, 피 한 방울 묻지 않고 깔끔하게 주사기를 놓고 빠져나왔다는 뜻인데, 중3 남학생이 그렇게 살인을 꼼꼼하게 마무리하고 빠져 나간다는 말이 그럴싸할까요?"

"중3이라고 안 될 건 없지."

"맞아요. 안 될 건 없죠. 그렇지만 제 생각엔 이진욱은 주영민을 만나러 갔다가, 유리창이 깨지는 바람에 놀라서 뛰어내려왔다는 말이 훨씬 그럴싸해요."

"그럼 도대체 누가 주영민을 죽였다는 말이냐? 4층 화장실에 올라간 사람은 없었어."

"맞아요. 없었죠. 그렇지만 주영민을 죽일 무기는 있었죠."

"그게 뭔데?"

"발사체와 똑같은 거죠."

안대수 선생은 두 손을 모아 입을 가렸다.

"주영민은 이진욱에게 겁을 집어 먹은 얼굴로 12시에 4층 화장실에서 보자고 말했어요. 제가 조사실에서 만났을 때만 해도 실실 웃으며 아무렇지 않게 거짓말을 해대는 애였는데, 갑자기 두려움에 떨면서 이진욱에게 12시에 보자고 했어요. 조사를 받고 난 뒤에 도대체 무슨 일이 있었기에 그렇게 두려웠을까요?"

"이진욱이 지어낸 말일 수도 있지."

"물론 그럴 수도 있죠. 그렇지만 그때 이진욱은 감춰진 범죄가 드러나 넋을 놓았을 때예요. 걔는 사이코패스가 아니에요. 이진욱은 그냥 어쩌다 보니 나쁜 짓을 저질렀을 뿐이에요. 넋을 잃고 흐느끼다가, 곧바로 그럴싸한 거짓말을 지어내서 빠져 나갈 구멍을 만들 만한 애는 아니에요."

"사람 속은 몰라."

안대수 선생은 손을 풀더니 팔짱을 꼈다.

"맞아요. 몰라요. 그렇지만 그럴싸하지 않아요."

나는 몸을 일으켰다. 실험실을 둘러보며 조금씩 걸음을 옮겼다.

"이제부터 제가 하는 말이 그럴싸한지 들어보세요."

안대수 선생은 팔짱을 끼고 앉은 채 내 움직임을 눈으로 좇았다.

"선생님은 곽민기를 아껴요. 재주꾼이죠. 그렇지만 곽민기는 과학만 잘해요. 그 누구보다 잘해요. 과학고가 과학을 잘하는 학생을 뽑는 곳이지만, 곽민기는 과학을 잘함에도 과학고에 갈 수 없어요. 다른 성적이 떨어지니까요. 선생님은 그 점이 안타까웠어요. 스타사이언스에 속한 학생들은 과학은 곽민기만 못해요. 곽민기만큼 과학을 좋아하는 학생도 없어요. 그저 좋은 대학에 가려고 과학고에 가려는 학생들이에요. 선생님은 그런 학생들이 못마땅해요. 더구나 수업 시간에 선생님 앞에서 서로 잘난 척하며 다투고, 짓밟지 못해서 안달이 난 학생들이니 싫었죠. 아니, 싫다는 말로는 모자라요. 선생님은 그런 가면 쓴 애들을 몹시 미워했어요. 웃음과 즐거움으로 겉을 가렸지만, 선생님 속은 무시무시한 미움으로 가득했어요. 속을 가리려고 더욱더 환하게 웃고 밝은 척하셨겠지요."

나는 선반을 따라 느릿느릿 걸었다.

"현주완이 프로그램을 만드는데 선생님 도움을 받는다는 얘기와, 과학 시간에 선생님이 곽민기와 나누는 이야기를 통해 선생님이 굉장히 뛰어난 분이라 짐작을 했어요. 그런데, 여기 와보니 제 생각보다 훨씬 더 뛰어나시네요. 선생님쯤 되는 재주꾼에게 스마트폰으로 CCTV를 만들고, 몰래 들여다보는 따위는 식은 죽 먹기겠죠?"

안대수 선생님은 아무 말도 안 했다. 나도 대답을 바라고 할 말은 아니었다.

"곽민기가 이진욱을 위해 몰래 CCTV를 만들어주었어요. 아마 선생님도 아셨겠죠? 선생님 재주로 그 CCTV를 이진욱도 모르게 들여다보기는 어렵지 않았을 거예요. 그리고 어제 벌어진 모든 일도 다 보고 계셨겠죠. 선생님은 이진욱이 채예림에게 한 짓을 보고, 채예림이 어떤지 보러 아래로 내려갔어요. 채예림은 그리 나쁘지 않았어요. 이진욱이 겁을 먹고 액상 니코틴을 조금밖에 넣지 않은 탓이었죠. 선생님은 그때 나쁜 생각이 일었어요. 이 애들을 모조리 보내버릴 너무나 좋은 기회를 잡았음을 알았기 때문이죠. 액상 니코틴을 더 넣기만 하면 채예림은 죽어요. 이진욱은 채예림 살인자가 되고, 허수민은 미친년으로 밝혀지겠죠. 눈엣가시 같은 전교 1, 2, 3등을 한꺼번에 끝장낼 수 있어요. 그래서 다시 이곳으로 올라온 선생님은 액상 니코틴을 주사기에 담고, 다시 내려가서 채예림에게 집어넣었어요."

"소설을 쓰네."

안대수 신생은 나를 비웃있다.

"저도 소설이면 좋겠지만 제 말은 진짜예요. 제가 선생님을 처음 봤을 때 선생님이 전자담배를 책상 서랍으로 넣는 모습을 봤죠. 신경수나 박현규 같은 애들도 만드는 전자담배 액상을 선생님쯤 되는 분이면 쉽게 만드시겠죠. 제가 보려고 한 과학기자재실을 선생님이 못보게 하셨는데, 아마 저 안에 든 수많은 화학약품 가운데 액상 니코틴이 있겠죠? 채예림은 액상 니코틴으로 살해당했고, 채예림이 쓰러질 때 액상 니코틴을 지닌 사람은 딱 둘이었어요. 이진욱, 그리고 선생님! 그러니 선생님은 채예림 살해 용의자예요."

"그래! 내가 전자담배를 만들어서 피워. 여기에 액상 니코틴도 있고, 전자담배에 들어가는 다른 것도 있어. 그렇다고 내가 채예림을 죽인 범인이란 증거는 아니야."

안대수 선생은 더는 나를 깔보지 않았다.

"범인이란 증거는 아니지만 용의자죠. 물론 범인일 수도 있고. 사람 속은 모르니까요."

일부러 안대수 선생이 썼던 말투를 흉내 냈다.

"처음 물음으로 되돌아가서, 주영민이 죽은 이야기를 해 보죠. 선생님은 경찰이 이진욱을 잡아낼 줄 알았어요. 그런데 경찰은 허수민만 알아내고 이진욱은 알아내지도 못했어요. 오전 내내 조사를 했지만 범인은 안개 속이었죠. 경찰이 조사를 끝내야 하는 시간은 12시, 그냥 심장이 안 좋은 채예림이 쓰러져 죽은 일로 덮고 넘어가려는 낌새까지 풍기자, 선생님은 더는 기다릴 수 없었죠. 이대로 집으로 가면 이진욱은 범죄를 저지른 증거를 모조리 없애버리겠죠. 채예림은 죽고, 허수민은 무너졌지만, 진짜 못된 놈, 선생님이 가장 아끼는 곽민기를 못되게 부려먹은 이진욱은 빠져 나가고, 허수민과 채예림이 없는 학교에서 전교1등까지 거머쥐겠죠. 죽 쒀서 개주는 꼴이 되죠. 그래서 참지 못하고 또 나섰어요. 주영민에게 가서 모두 알고 있다고 했겠죠. 주영민은 선생님 말을 듣고 겁을 집어 먹었어요. 선생님은 주영민에게 이진욱보다 10분쯤 빨리 올라오라 했겠죠. 주영민에겐 먼저 할 얘기가 있다고 하면서. 그리고 주영민에게 이진욱과 12시에 약속을 잡으라고 시켰어요. 선생님이 안다는 이야기를 주영민이 이진욱에게 못하게 하려고 주영민에게 잔뜩 겁을 주었겠죠. 만약 이진욱에게 말하면 경찰에 곧바로 털어놓겠다는 식으로. 주영민이야 어차피 죽일 생각이었으므로 선생님을 드러내도 괜찮았어요. 주영민은 겁을 먹고 이진욱에게 말했고, 이진욱은 12시에 맞춰서 올라갔어요. 주영민은 4층 남자 화장실에 올라가자마자 살해당했어요. 선생님은 주사기에 피를 묻히고 주영민 지문을 묻게 한 뒤에 화장실 바닥에 내려놓아요. 그 뒤 이진욱이 12시에 올라오자 선생님은 유리창을 깼어요. 사람들 눈이 그쪽으로 쏠리게 하고, 이진욱도 놀라서 주영민을 보지 못하고 뛰어 내려오게 만들죠. 선생님은 일부러 그 시간에 맞춰 목격자가 되었어요."

선생님은 느리게 손뼉을 치며 자리에서 일어났다.

"좋아! 아주 좋아! 멋져! 아주 멋진 이야기야. 내가 1층에 있으면서 4층에 있는 주영민을 죽이고, 1층에 있으면서 유리창을 깨는 어마어마한 재주를 부렸군! 거기다 이진욱이 올라오는 시간도 딱 알고 말이야! 외우, 내가 무슨 신이라도 되니?"

나는 대꾸는 하지 않고 느릿느릿 걸어서 눈여겨보았던 로봇 쪽으로 갔다. 그리고 선반 위쪽에 놓인 로봇을 집어 들었다.

"증거를 방금 제가 집어 들었습니다. 이 로봇을 보니 날카롭고 굵은 바늘이 끈에 이어져서 발사기와 함께 달렸네요. 주영민 경동맥을 뚫은 바늘이겠네요. 쏜 뒤에 잡아당기는 장치까지 달렸네요. 놀라워요. 선생님은 이 바늘을 깨끗이 닦을 시간이 없었으니 바늘에 주영민 피가 묻었겠죠. 이 로봇이 주영민이 죽을 때 화장실에 있었으니 다른 곳에 주영민 피가 묻었을지 몰라요. 이런, 여기 핏자국이 꽤 있네요. 접힌 날개를 펴면 하늘도 날 수 있으니 드론 로봇이군요. 카메라도 달렸고, 물건을 집을 수 있는 집게발도 있네요. 이 드론 로봇이면 4층 화장실 열린 창문으로 날아 들어가 주영민을 죽이고, 주사기에 주영민 지문을 묻혀서 바닥에 내려놓고 밖으로 빠져 나갈 수 있죠. 아마 남자화장실 쪽 4,5,6층 바깥 창문을 살펴보면 열린 곳이 있겠죠. 열린 창문으로 들어와서 이진욱이 올라오는지 카메라로 지켜보면 이진욱이 올라오는 시간에 딱 맞춰 유리창을 깰 수 있죠. 일을 끝마치고는 날아서 이 실험실 열린 창문으로 들어와 여기에 내려오면 아무도 모르죠."

나는 다른 드론 로봇도 집어 들었다.

"여기엔 또 다른 드론 로봇이 있네요. 아래쪽에 쇠구슬을 쏘는 장치도 있고, 날개도 있고, 카메라도 있네요. 아마 이 안에 든 쇠구슬과 유리창을 깬 쇠구슬이 같겠죠?"

나는 오른손과 왼손에 증거품을 들고는 선생님을 보며 씨익 웃었다.

"이래도 제가 소설을 썼나요? 물론 선생님은 신이 아니에요. 그저 사람을 죽이는 드론 로봇을 만든 천재 과학자이자, 드론 로봇을 조종해 주영민을 죽인 살인자일 뿐이죠."

결벽증, 깨끗하지 못한 깨끗함

"아~악!"

팔뚝을 무언가가 푹 찔렀다. 아픔에 못 이겨 손에 들었던 두 드론 로봇 두 대를 놓쳤다. 바늘이 깊이 박혔다 빠져나갔다. 오른 팔뚝에서 피가 났다. 왼손으로 피가 나는 곳을 누르며 둘레를 살피니, 드론 로봇 두 대가 2m쯤 떨어진 곳에 떠 있었다.

"놀라워. 놀라워! 학생 가운데 너 같은 애가 있을 줄은 정말 몰랐어."

안대수 선생이 스마트폰을 든 손을 흔들며 내 쪽으로 걸어왔다. 내가 뒤로 몇 발자국 움직였더니 나를 따라서 드론 로봇도 움직였다.

"네 말은 거의 다 맞지만 진짜 알맹이는 틀렸어. 나는 드론 로봇을 조종하지 않아. 내 드론 로봇은 인공지능으로 움직여. 내가 일을 시키면 알아서 움직이지. 내가 1층에 있든, 집에 있든, 잠을 자든 내 드론 로봇은 내가 시킨 일을 가장 알맞게 해 낸다. 네가 달아나려고 하면 널 죽이라고 드론 로봇에게 시켰으니 가만히 있는 게 좋을 거다."

안대수 선생 말 그대로였다. 한 드론 로봇에는 쇠구슬을 쏘는 구멍이 내 얼굴을 노렸고, 다른 한 드론 로봇에 달린 날카로운 바늘은 내 목을 노렸다. 주영민이 저 바늘 때문에 죽었다. 구슬과 바늘을 목과 얼굴에만 안 맞으면 괜찮겠다 싶어서 달아날 틈을 찾았다. 재빠르게만 움직이면 달아날 수 있겠다 싶었다. 그때 등 뒤에서 무언가 붕 뜨는 소리가 들렸다. 새로운 드론 로봇 두 대였다.

"뒤쪽 드론 로봇엔 쇠못을 총알처럼 날리는 무기가 달렸어. 달아나고 싶으면 달아나 봐."

도망갈 틈이 보이지 않았다.

"네 말이 맞아. 내가 그렇게 했어. 그딴 놈들은~, 없어져야 마땅해. 더러워."

'더럽다'는 낱말이 몹시 거슬렸다. 실험실은 많은 애들이 들락거리고, 물건도 많은 곳인데도 지나치게 깔끔하다. 안대수 선생이 입는 옷도 정말 깨끗했다. 결벽증이다. 결벽증인 사람이 미움과 노여움에 휩싸이면 살인으로 이어지기 쉽다는 점을 알면서도, 왜 저 옷차림을 눈여겨보지 않았을까? 학생뿐 아니라 선생님도 범인일 수 있음을 생각하지 못했다. 이모 말이 맞았다. 나는 내 생각에 갇혀 버렸다. 내가 다 안다고 믿었다. 내가 본 애들 가운데 범인이 있으리라 나도 모르게 믿어버렸다. 프로파일러가 되려면 결코 하지 말아야 할 잘못을 저질렀다.

"주영민, 걔가 가장 더러워. 동성애자라니! 미친~."

안대수 선생은 손으로 옷을 마구 터는 시늉을 했다.

"채예림, 늘 잘난 척하고 다른 애들을 깔 봐. 심지어 선생님마저 발가락 때만도 못하게 여겨. 그런 애가 전교 1등이라니, 공부만 잘하면 그냥 1등이야? 사람이 되지 않았는데. 그런 애가 자라서 나라를 망치고, 온 누리를 어지럽혀. 그러니 없어져야 돼."

안대수 선생 목소리가 점점 커졌고, 말투에도 미움이 짙게 풍겼다.

"허수민, 그 미친년이 벌인 짓은 너도 알지? 걔도 채예림 못지않아. 채예림은 착한 척이라도 안 하지, 걔는 겉으론 착한 척하면서 혼자 있을 때면 못된 짓은 다 해. 이진욱, 그놈은 내가 죽여 버리고 싶었지만 꾹 참았어. 어떻게 그딴 놈이 반장이고, 전교 3등이야. 어떻게 그런 놈이 남학생들을 다 손아귀에 넣고, 선생님들 예쁨은 다 받고 살아? 말도 안 돼. 몰래 애들을 지켜보고, 약점 잡아서 제 뜻대로 부려먹고……, 아주 못된 놈이야. 무엇보다 곽민기를 그렇게 못된 일에 끌어들인 짓은 절대로 두고 볼 수 없었어. 크크크, 이젠 그놈은 감옥에서 오래오래 지내야겠지. 채예림을 죽였으니까. 주영민도 죽였고 말이야."

"선생님이 죽였잖아요?"

"누가 알겠어? 너밖에 모르는데."

날 죽여 입을 막겠다는 뜻으로 들렸다.

"날 죽이면 선생님이 범인으로 몰려요."

"내가 널 왜 죽여? 그냥 증거만 없애면 끝나는데 말이야. 증거라곤 저 두 드론 로봇밖에 없잖아? 안 그래? 저 드론 로봇들만 멀리, 아주 멀리 사라지게 해 버리면, 네 말만 남고 증거는 다 사라져. 이따위 학교야 떠나면 그만이지."

드론 로봇은 하늘을 난다. 하늘을 날아 멀리 사라져버리면 찾을 길이 없다. 드론 로봇이 사라지면 모든 증거가 사라지는가? 그렇지 않다. 저 컴퓨터와 스마트폰은 어찌지 못한다.

"컴퓨터는 없앨 수 없죠. 선생님이 쓰는 스마트폰에도 날개가 없어요."

"아직도 그런 생각을 하다니…… 쯧쯧! 그러니까, 너는 아직 날 잘 몰라. 저 컴퓨터는 나 말고는 아무도 들여다 볼 수 없어. 억지로 들여다 보려고 하면 통째로 날아가 버리지. 스마트폰도 마찬가지야. 나 말고는 열지 못해. 증거는 저기 드론 로봇 두 대 뿐이야."

머리가 어지러웠다. 어떻게 그것이 가능할까? 어떻게든 드론 로봇들이 사라지지 않게 해야 한다.

"학생들이 아무리 잘못을 저질렀어도 선생님이잖아요. 선생님이면 선생님으로서 학생들을 바른 길로 이끌어야죠. 어떻게 학생들을 죽이고 무너뜨릴 생각만 하세요?"

선생님으로서 양심을 건드리려고 한 말이었다. 그러나 내 말은 도리어 안대수 선생님 노여움에 불을 지르고 말았다. 갑자기 안대수 선생 눈이 이글이글 불탔다.

"이 학교에서 선생은 되먹지도 않은 애들이 좋은 고등학교 가는 뒷받침이나 하는 아랫사람이야. 나는 잘난 척하는 애들을 과학고에 보내고, 외고에 보내는 뒷받침이나 해주는 기계야. 나는 말만 선생일 뿐 내 뜻대로 아무것도 못해. 학교가 시키는 대로 공부 잘하는 애들한테는 좋은 말 써줘야 해. 못된 앤데 공부 못하고 힘없는 친구들 잘 돌본다고 해주고, 호기심도 없는데 탐구심이 깊다고 해주고, 별 볼일 없는 연구를 하는데도 마치 엄청난 연구를 하는 듯이 꾸며야 해. 그런 짓을 하며 사는 사람이 선생이냐? 그 따위가 선생이냐고? 네가 보기엔 어때? 넌 내가 선생으로 보이니? 아니면 그냥 로봇으로 보이니?"

불타오르던 두 눈에서 노여움이 거센 물결이 되어 넘쳤다.

"그렇다고 학생들이 무슨 죄죠? 어른들이 만든 학교잖아요. 학교를 무시무시한 정글로 만들고, 살아남으려면 가면을 쓰고 살 수밖에 없이 만들어 놓고, 거기서 살아남으려고 발버둥치는데, 살아남으려면 미칠 수밖에 없는데, 그게 왜 학생들이 욕먹을 짓이죠?"

"아무리 정글이어도 사람은 사람나워야지."

"곽민기는 어떻게 하죠?"

안대수 선생님을 흔들 마지막 무기였다.

"선생님이 사랑하는 곽민기는 선생님 보살핌이 있어야 해요. 곽민기가 진짜 과학자가 되려면 선생님이 도와야 하잖아요. 곽민기를 내팽개치실 생각이세요?"

잠깐 동안 안대수 선생 얼굴이 여러 가지 빛으로 바뀌었다. 일그러졌다, 펴졌다, 움츠렸다, 찡그렸다, 붉어졌다, 파래졌다가 마침내는 짙은 그림자가 드리웠다. 빈틈이었다. 바로 그때 나는 오른손으로 몰래 잡았던 컴퓨터 자판을 내 앞쪽에 있던 드론에게 날렸다. 컴퓨터 자판은 그대로 날아가 바늘로 나를 겨누던 드론 로봇에 부딪쳤다. 드론 로봇은 윙윙거리다가 바닥으로 떨어졌다. 나는 손에 잡히는 물건을 마구 던지면서 재빠르게 굴렀다. 그러고는 문 쪽으로 뛰어가려는데 다리에 무엇인지 세게 박혔고, 엄청나게 아팠다. 잠깐 뒤 왼쪽 팔뚝에서도 같은 일이 일어났고, 마찬가지로 엄청 아팠다.

"이, 이, 이런! 꼼수를 쓰다니! 그렇다고 달라지지는 않아."

드롯 로봇 세 대가 선반 쪽에 몰린 내게 느리게 다가들었다. 그때였다. 열린 창문 사이로 검은 빛이 날아와 나를 노리던 드론 로봇 두 대를 삽시간에 박살내 버렸다. 쇠구슬을 쏘는 드론 로봇과 못을 쏘는 드론 로봇 한 대가 바닥에 나뒹굴었다. 안대수 선생은 화들짝 놀라면서 뒤로 물러섰다. 나머지 드론 로봇 한 대는 안대수 선생 머리 위로 물러났다.

"구산아! 괜찮아?"

창문 밖에서 슬비 목소리가 들렸다. 안으로 뛰어든 검은 빛은 슬비 경호원 둘이었다.

"살짝 긁혔을 뿐이야. 괜찮아."

다리와 팔뚝에서 피가 뭉글뭉글 나오고 무지 아팠지만 꾹 참으며 말했다.

"이제 끝났어요. 그만두고 경찰에게 스스로 범인이라고 말하세요."

나는 하늘에 뜬 드론을 살피며 안대수 선생님에게 말했다.

"빌어먹을, 이젠 정말 끝장이군. 그래, 이렇게 된 바에야…… 모조리 없애주마."

안대수 선생은 몸을 휙 돌려 과학기자재실 쪽으로 뛰어가더니 문을 활짝 열었다. 조금 뒤 윙~ 하는 소리가 나며 과학기자재실에서 드론 로봇 몇 대가 튀어 나왔다. 안대수 선생 머리 위에 뜬 드론 로봇은 한꺼번에 못을 쏘아댔다. 남자 경호원이 나를 껴안고 바닥으로 뒹굴었다. 드론 로봇에서 날아온 쇠못이 선반과 책상에 박혔다. 엄청난 깊이였다. 제대로 맞으면 목숨을 잃을 만큼 셌다. 우리는 교실 뒤쪽에 바짝 엎드렸다. 얼핏 살피니 드론 로봇들이 교실에 넓게 퍼져 우리 쪽으로 느리게 다가왔다.

"밖에 있는 여자애가 여자친구지? 같이 죽여주마."

잔뜩 노여움에 물든 목소리였다. 안대수 선생이 문을 여는 소리가 들렸다. 그때 내 옆에 있던 남자 경호원이 여자 경호원과 눈을 마주치더니 같이 검은 윗도리를 벗어서 위로 던졌다. 드론 로봇에서 날아온 쇠못이 검은 윗도리에 구멍을 냈다. 그 틈에 여자 경호원은 훌쩍 뛰어 창문으로 뛰었다. 창문이 깨졌고 여자 경호원이 곧바로 슬비가 있는 쪽으로 뛰어갔다. 교실 안에 있던 드론 로봇은 남자 경호원과 내 쪽으로 느리게 다가오며 쇠못을 하나씩 쏘았다. 드론 로봇이 쏜 쇠못은 책상에 박히거나, 뒤쪽 선반에 있는 로봇과 부품들을 박살냈다. 남자 경호원은 왼손으로 의자를 잡아 방패로 삼은 다음, 둘레에 있는 물건을 손에 잡히는 대로 드론 로봇에게 던졌다. 그러나 드론 로봇은 남자 경호원이 던지는 물건 따위는 가볍게 피했다.

안대수 선생 말대로 조종하지 않아도 스스로 알아서 움직였다. 드론 로봇은 점점 가까워졌다. 밖에서는 우당탕 하는 소리가 나더니 안대수 선생이 괴롭게 내지르는 소리가 들렸다.

"안대수 선생을 잡았어. 너 괜찮니?"

슬비 목소리였다.

"아직은!"

진짜 '아직은'이었다. 안대수 선생은 잡혔지만 드론은 공격을 멈추지 않았다. 드론 로봇 가운데 한 대가 낮게 날아서 우리 쪽으로 다가왔다. 나는 선반에 있던 로봇 부품을 한 움큼 잡아서 집어 던졌지만, 드론 로봇은 가볍게 피하고는 쇠못을 쏘았다. 쇠못은 내 머리로 곧장 날아왔는데 아슬아슬하게 머리를 스쳤다.

"으~윽!"

쇠못은 내 옆에 있던 남자 경호원 어깨에 박혔다. 남자 경호원은 바닥으로 낮게 다가오는 드론에게 손에 든 의자를 집어 던졌고, 드론은 의자에 맞아 박살이 났다. 남은 드론이 우리 쪽으로 더 가까이 다가왔고, 몇 대는 낮게 날면서 책상을 방패막이로 삼은 우리를 노렸다.

목숨이 달린 때였지만 안대수 선생이 만든 드론은 정말 놀라웠다. 우리를 공격하는 드론 로봇을 보니, 주영민을 죽이고 유리창을 깨는 따위는 정말 쉬웠을 것이다. 이런 재주를 지닌 사람이라면, 다른 때 다른 곳에서 애들을 죽이겠다고 마음먹었으면 얼마든지 감쪽같이 죽일 수 있었다. 학교에서 일을 벌여서 살인이 드러났으니 그나마 다행일 정도다. 놀라움은 컸지만 놀라고 있을 수만은 없었다. 드론은 아주 가까이 다가왔고, 움직임을 보니 한꺼번에 달려들어 우리에게 쇠못을 쏠 낌새였다. 저 쇠못을 머리나 목, 가슴에라도 맞는다면 그대로 죽는다. 그런데 내 몸을 가리기에는 손에 든 의자가 턱없이 작았다.

'이런, 어쩌지?'

어떻게 할 길이 없었다. 이대로 끝이라니, 끔찍했다.

탕!

총소리가 나며 가장 가까이 다가왔던 드론 로봇이 박살났다. 곧이어

탕! 탕! 탕! 잇따라 총소리가 울렸고, 나와 경호원을 노리던 드론 로봇
은 모조리 부서져서 교실 바닥에 나뒹굴었다.

"구산아! 괜찮니?"

이모였다.

나는 팽팽하게 당겼던 활시위가 끊기듯 몸에 힘이 탁 풀리면서 바닥
에 그대로 쓰러졌다. 머리가 하얀 빛으로 뒤덮였다. 깨진 유리를 밟는
소리를 마지막으로 들었다.

그래도 하늘을 보기를

　일이 터지고 일주일 동안 학교 문이 닫혔다. 학교가 다시 열렸을 때 교실엔 사라진 얼굴이 많았다. 이진욱, 연지아, 주현희, 곽민기, 허수민이 없었다. 신경수와 백승우는 학교에 나왔지만 오전 수업만 하고 봉사를 했다. 신경수와 백승우에게 액상 니코틴을 받으려 했던 박현규도 보이지 않았다. 스타사이언스는 없어졌다. 김경아 선생님은 잠깐 학교를 쉬기로 했기 때문에 3학년 학생주임 선생님이 우리 반 담임이 되었다. 과학 시간엔 새로운 선생님이 들어왔다. 문가영은 더 말이 없어졌고, 공책에 글도 쓰지 않았다.

　수업은 달라지지 않았다. 선생님들은 앞에서 말을 하고, 애들은 받아 적기 바빴다. 가끔 수행평가를 한다며 발표를 시켰지만, 발표를 할 때 살아 있다는 느낌은 없었다. 교실엔 넋이 죽은 몸뚱이들만 가득했다. 무엇을 위해 가르치는지도 모르는 선생님들이 내뱉는 뜻 없는 말들만 교실 곳곳을 누볐다. 문득, 무수한 청소년들이 꽃다운 나이에 교실에 갇혀 죽어가는 느낌이 들었다. 겉으로는 살인이 아니었지만, 속으로는 진짜 무서운 살인이 벌어지는 곳이 교실이라는 엉뚱한 생각마저 들었다. 교실이야말로 통째로 데페이즈망이었다. 쇠못을 맞은 팔과 다리가 쑤셨다.

종례를 끝내고 나가는데 곳곳에 달린 고화질 CCTV가 나를 따라다녔다. 오늘도 학교 앞에는 슬비가 보낸 차가 있었다. 차 쪽으로 가는데 슬비한테 전화가 왔다.

"오늘 잘 보냈이? 괜찮아?"

"안 괜찮아. 가만히 앉아 있기도 힘들었어."

"몸이 아직도 안 좋아?"

"몸은 견딜 만한데, 마음이 힘들어."

"어떡해? 내가 힘을 팍팍 줘야겠네. 나도 어머님 국수집으로 갈 테니까 거기서 보자."

전화를 끊고 차 문을 열었다.

"어~ 이모!!!"

"새삼스럽게 반가워하긴, 이모 얼굴 처음 보니?"

"이 차에 있을 줄 몰랐으니까 그렇지. 그나저나 웬일이야?"

"다 같이 즐거운 저녁 보내려고 왔지. 모처럼 쉬는 날이어서."

내가 가장 사랑하는 사람들과 함께 어울린다니 울적한 마음이 조금은 풀렸다. 검은 자동차가 학교 앞 신호등에 걸렸다. 창문을 열고 학교 쪽을 봤다. 운동장 구석에 가만히 앉은 어떤 여학생이 보였다. 멀리서 봐도 누군지 알 만했다. 문가영은 아무도 없는 운동장 구석진 곳에 앉아 땅만 내려다보았다. 그런 문가영이 안쓰러웠다. 홀로 앉아 땅을 내려다보며 문가영은 무슨 생각을 할까? 공책에 글도 쓰지 않고서 답답한 마음은 어떻게 풀까? 혼자 있더라도 하늘을 보면 좋으련만⋯⋯. 가슴 한편이 써늘해지더니 숨이 턱 막힐 듯 답답해졌다.

신호등이 바뀌자, 검은 자동차는 학교를 뒤로 하고 엄마가 있는 국수 가게로 내달렸다.

소년 프로파일러와
죽음의 교실